Pabl

the alp

MARIAN GODINĂ merge la Poliție aproape în fiecare zi. Nu pentru că s-ar afla sub control judiciar, ci fiindcă este polițist, începând cu luna decembrie a anului 2006, după ce a absolvit Școala de Agenți de Poliție „Vasile Lascăr“ din Câmpina. În prezent activează în cadrul Serviciului pentru Acțiuni Speciale.

Când își lasă masca jos, Marian „descinde“ în mintea cititorilor cu textele pe care le scrie cu mult umor, reușind de fiecare dată să schimbe în bine dispoziția oamenilor. Dacă la serviciu Marian urmărește să nu fie urmărit, pe pagina sa de Facebook este urmărit de peste 480 000 de oameni.

La Curtea Veche Publishing a mai publicat *Flash-uri din sens opus* și *În misiune cu Marian*.

MARIAN GODINĂ

PABLO,

the alpaca

scrisoarea

CURTEA VECHE

Descrierea CIP a Bibliotecii Naţionale a României
GODINĂ, MARIAN
Pablo, the alpaca : scrisoarea / Marian Godină. -
Bucureşti : Curtea Veche Publishing, 2019
ISBN 978-606-44-0425-1

821.135.1

Corector: Cornelia Florea
Tehnoredactor: Daniel Fulga

CURTEA VECHE PUBLISHING
str. Aurel Vlaicu nr. 35, Bucureşti, 020091
redacţie: 0744 55 47 63
distribuţie: 021 260 22 87, 021 222 25 36, 0744 36 97 21
fax: 021 223 16 88
redactie@curteaveche.ro
comenzi@curteaveche.ro
www.curteaveche.ro

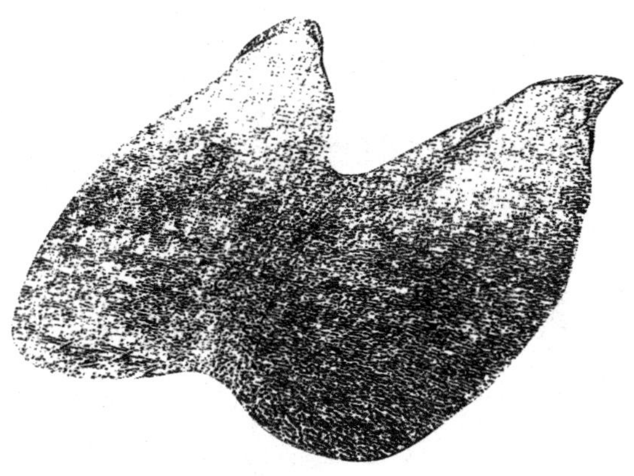

~ Cum a început totul ~

— Mariaaaaan, hai repede să-ți arăt ceva! Uite ce dulceeeee e!

— Ce mai e și dihania aia? Lamă?

— Nu, e alpaca. Vreau și eu una. Ne luăm?

— Da, uite acum mă îmbrac și mă duc să cumpăr alpaca. Ce culoare vrei?

— Bine că faci mișto de mine! No, lasă!

Am luat discuția ca pe o glumă și nici prin cap nu-mi trecea că peste câteva luni voi avea numai paie și fân prin mașină.

Zilele treceau fără ca Georgiana să înceteze să-mi spună că își dorește o alpaca. Eu îi răspundeam în continuare ironic și nu-i luam în serios dorința, crezând că e un moft care o să-i treacă. Dar nu i-a trecut. Ba chiar s-a intensificat și insistențele erau tot mai dese. Între timp am ajuns să văd, fără să vreau neapărat, toate videoclipurile de pe YouTube cu alpacale de toate felurile și culorile.

„Uite, pe ăsta îl cheamă Alfie! Hai să vezi cum aleargă! Stă în Australia.“

„Uite ce fain e ăsta, e al unei fete din Belgia!“

Astea erau frazele pe care le auzeam când Georgiana stătea pe telefon. Desigur că trebuia să mă uit și eu la videoclipuri. Vizionând multe astfel de filmulețe, au început să îmi apară ca sugestii, așa că într-o zi am dat de un video cu o alpaca ce alerga tare caraghios după stăpânul ei, dând ture prin curte. Am zis să o surprind și eu pe Georgiana și să-i arăt filmulețul.

— Georgiana, hai să vezi ceva!

— Aaaa, ăsta-i Cewpaca! Îl știu!

Chiar le știa pe toate. Văzând că gluma se îngroașă, am început cu contraargumentele.

— O vezi tu așa dulce și drăgălașă, dar joaca aia cu animăluțul e doar ce vezi pe YouTube. Nu vezi și munca din spate. Trebuie curățată zilnic, îngrijită, periată.

— O să mă ocup eu!

— Și cine îi duce fân?

— Tot eu!

— Și bălegarul? Pe YouTube nu îți arată treaba cu lopata și curățatul gunoiului.

— O să-i fac eu curățenie!

— Și unde o ținem? Că doar nu o ții în casă. Nu bagi capra în casă!

— Nuuu, îi facem grajd.

— Îi faci tot tu și grajdul?

— Nu. Pe ăla îl faci tu cu tata.

— Aia va trebui tunsă că are lână ca oaia.

— O să o tund eu.

Fără să îmi dau seama, prin faptul că i-am adus argumentele astea nu am făcut decât să-i dau de înțeles că aș fi și eu de acord cu alpacaua. Dacă aș fi continuat să fac mișto atunci când îmi vorbea despre ea, probabil că am fi rămas la stadiul ăla.

Următorul pas a fost să vorbească cu nașul nostru, care să-i spună că știe el pe cineva care are alpacale de vânzare.

— Uite! Am vorbit cu nașu' și a zis că știe el unde găsim de cumpărat!

Normal că l-am contactat pe Traian și l-am întrebat. Nașu' se amuza copios pe seama mea și îi plăcea foarte tare să facă mișto de mine.

— Tu chiar vrei să iei? Pffff... abia aștept să te văd cu capra! Ai pus-o! Să vezi ce cari la fân, aduni rahat de capră... apoi tratamente...

— Ce tratamente? O iau gata bolnavă?

Cred că râdea de mine în hohote...

Până la urmă am ajuns să sun „dealerul" de alpacale, care mi-a confirmat că îmi poate vinde un pui. Pentru că urma să plecăm la ski în Austria și alpacaua domicilia la Arad, am gândit eu ca un om mare că, la întoarcere, trecem prin Arad, băgăm animalul în mașină și venim acasă cu tot cu capră, scăpând astfel de prețul transportului, de altfel destul de piperat.

L-am sunat pe vânzător și i-am spus cum am stabilit să facem.

— Și băgați alpacaua în mașină?

— Da. Nu merge?

— Nuuuu! Trebuie cu o remorcă, ceva.

— No, bine, așa facem atunci. O aduceți dumneavoastră cu remorca.

În zilele următoare, împreună cu tata socru ne-am apucat și am construit grajdul, sub ochii entuziasmați ai Georgianei care era mai nerăbdătoare să-i vină animăluțul decât să plecăm la ski.

Am plecat spre Austria și, pentru că ne era în drum, am oprit la Arad, la ferma de animale. Georgiana avea niște emoții de parcă urma să se întâlnească cu vreun președinte de stat.

Proprietarul fermei ne-a dus la grajdul în care se aflau patru alpacale. Trei erau albe și unul maro. Georgiana l-a ales din prima pe cel maro și părea că acesta înțelesese că îl vom adopta.

Timpul trecea destul de repede și voiam să conduc cât mai mult din drumul până în Austria pe lumina zilei, așa că o tot rugam pe Georgiana să plecăm, dar aceasta insista să mai rămânem puțin să se mai joace cu alpacaua. Într-un final, am plecat, însă nu înainte de a face cunoștință cu Gastron, un motan portocaliu de la fermă.

Vacanța în Austria a fost prima din care Georgiana abia aștepta să se întoarcă, deoarece stabiliserăm cu proprietarul fermei ca acesta să ne aducă alpacaua cu remorca în Brașov, chiar în ziua în care noi urma să ajungem acasă din vacanță, adică pe 4 februarie 2019.

Întorcându-ne din concediu, am ajuns noaptea pe la ora unu în Brașov, iar la zece dimineața remorca cu alpacaua era în fața porții.

Împreună i-am ales numele Pablo și am încercat să ne apropiem cât mai mult de el, deoarece era destul de dezorientat.

Pentru că timpul a fost foarte scurt, nu aveam urmă de fân acasă, așa că am început să caut. Am găsit undeva și m-am dus să iau câțiva baloți. După cum hotărâserăm de la început, era treaba Georgianei, dar fiind prima zi am zis să o las să se bucure de prezența lui Pablo.

Într-o zi am venit acasă de la sală și am găsit cămila în casă. Am evacuat-o, iar Georgiana mi-a zis că a băgat-o numai puțin, ca să vadă cum reacționează. A doua zi capra era din nou prin casă, spăla vasele cu Georgiana. Eu n-am putut sta cu ele, că am fost pe afară să curăț gunoiul și să-i schimb paiele.

~ Capitolul 1 ~

Ușa grajdului s-a deschis larg, lăsând să intre lumina puternică a soarelui, reflectată de zăpada mare de jumătate de metru. Nu era ora mesei, nu am înțeles de ce venise stăpânul la noi.

— Pe ăștia patru îi mai am. Dar după cei albi a zis cineva care are o pensiune că vine să-i cumpere. Dacă vreți, vă dau, totuși, unul alb și o să i-l dau băiatului cu pensiunea pe cel maro.

— Vaaai, ce drăguți sunt toți patru! Pot să îi mângâi? Mă mușcă?

— Nu, sunt cuminți.

Dintre toți, acelei fete frumoase cred că eu îi picasem cu tronc. Tot venea spre mine să mă mângâie. Eu eram cel maro.

— Cred că îl voi lua pe cel maro!

Pe loc, ochii mi s-au umezit de fericire. Urma ca în sfârșit să nu mai am un stăpân, ci o mămică.

Era o fată de o frumusețe rară, cu ochii migdalați și cu un chip care emana bunătate. Urma să am cea mai bună mămică din lume.

Era însoțită de soțul ei, un băiat cu privire cam dură, dar care părea și el încântat de mine, și de tatăl ei, un om cu un chip blajin pe care se putea citi iubirea pentru animale.

Eram atât de fericit! Pe mine mă aleseseră. Urma să am o familie. Și ce familie!

În timp ce oamenii discutau, au fost întrerupți de un mieunat. Era Gastron, motanul fermei. Fata l-a luat imediat în brațe și a început să-l mângâie, confirmându-mi încă o dată că adoră animalele.

Eram pregătit să-mi iau la revedere de la cei trei frați ai mei, care, de când aflaseră că ei vor merge la pensiune și eu voi rămâne singur, râdeau de mine și spuneau că asta e din cauză că eu eram maro, în timp ce ei erau albi și mult mai frumoși.

Ușa grajdului s-a închis și Georgiana, pentru că așa o chema pe viitoarea mea mămică, a plecat cu soțul ei, Marian, și cu tatăl ei, însoțiți de stăpânul fermei. Urmau să facă actele de adopție.

— Ce bucuros sunt! Sunt așa de fericit! O să am și eu o familie, nu voi mai rămâne singur! Iuhuuuu!

— Ha! Ce familie? Băiatul ăla avea o privire de parcă acum te-ar fi pus pe grătar.

— Știți ce cred eu? Că d-aia îl și cumpără, să-l bage la cuptor!

— Ha, ha, ha, ha!

— Nu-i adevărat! Ei vor fi părinții mei! Sunt sigur de asta! Acum se vor întoarce și mă vor lua cu ei. De aceea au venit cu mașina! Au venit să mă ia. Pe mine m-au ales!

În timp ce încercam să-mi conving frații răutăcioși că voi avea părinți, am auzit niște zgomote, așa că mi-am lungit gâtul și m-am uitat printr-o crăpătură a grajdului. Ușile mașinii se închiseseră. Georgiana pleca.

— Au plecat! Fără mine!

— Ha, ha, ha! Noi când ți-am zis! Probabil nu s-au înțeles la bani. Sau au zis că până la urmă rămân la friptura de porc. Ha, ha, ha.

— Eu cred că nu au avut destui bani la ei și s-au dus la vreun bancomat. Se vor întoarce! Sunt sigur că mă vor lua cu ei.

Se întunecase bine de tot și eu încă eram cu ochii umezi, într-un colț al grajdului. Deși stătuserăm împreună toți patru în același grajd din Belgia, de unde ajunseserăm apoi la Arad, iar eu îi numeam „frați", ceva imposibil de altfel deoarece o alpaca fată un singur pui pe an, cele trei alpacale albe încă râdeau de mine.

— Noi o să fim la pensiune săptămâna viitoare. Cred că vor veni mereu copii la noi și ne vor răsfăța. Vom mânca numai bunătăți și vom avea cea mai bună lucernă din lume.

Eram foarte trist. Gândul îmi era numai la Georgiana. De ce nu m-a mai vrut, oare? Doar se uitase cu așa un drag la mine... De ce s-a răzgândit? Oare o să vină mâine după mine? Am adormit cu greu și am visat urât. Am visat că am fost luat de o familie care voia să mă gătească la grătar. M-am trezit de câteva ori în acea noapte. Dormeam singur într-un colț și îmi era frig. Dar mai tare decât frigul mă durea gândul că Georgiana nu mă luase cu ea.

De dimineață, frații mei au ieșit la joacă în zăpadă. Pe mine nu mă chemaseră. Oricum nu m-aș fi dus pentru că eram foarte supărat și numai de joacă nu îmi ardea.

Ziua a trecut foarte greu, mai ales că din când în când mă tot uitam la poartă, așteptând să o văd pe Georgiana intrând. Nu a venit nici a doua zi. Îmi era deja clar că nu va mai veni. Mă entuziasmasem degeaba. Mai tresăream la auzul unei mașini, gândindu-mă că sunt ei.

Trecuse deja o săptămână de la vizita fetei. Fiind iarnă, la ora cinci era deja întuneric, iar noaptea trecea cel mai greu pentru mine. M-am cuibărit bine în colțul meu și am adormit.

Am visat că eram acasă la Georgiana și că mâncam porumb din palma ei. Mă mângâia după fiecare bob pe care îl înghițeam și îmi spunea că mă iubește și că nu voi mai fi niciodată singur. Am visat apoi că îmi făcuse o lesă și mă scotea la plimbare printr-un orășel cochet de munte, sub privirile nedumerite ale oamenilor. Eram în noua familie și eram foarte iubit.

Visul mi-a fost spulberat de zgomotul balamalelor vechi și ruginite de la ușa grajdului. M-am trezit brusc. La fel și frații mei.

— Ce caută stăpânul în grajd la ora asta?

— Cred că a venit după noi, să ne ducă la pensiune. Tu o să rămâi aici singur.

Într-adevăr, stăpânul a luat, pe rând, cele trei alpacale albe și le-a băgat într-o remorcă mare, amenajată exact ca un grajd. Apoi s-a întors și m-a luat și pe mine.

— Ce noroc ai avut! Până la urmă te-au luat și pe tine cei de la pensiune. Noroc cu noi.

Încă eram cu gândul la visul pe care îl avusesem, la Georgiana. Dar măcar nu rămâneam singur. Avea să îmi placă și la pensiune până la urmă. Încercam să mă încurajez singur.

Remorca era foarte mare, cu paie pe jos și cu găleți cu apă. Alături de noi patru, mai erau un pui de cerb lopătar, câteva rațe și două capre pitice. Dacă nu aș fi simțit fiecare curbă și frână, aș fi zis că sunt chiar într-un grajd. De fapt chiar era un grajd pe roți.

Se luminase bine deja și niciunul dintre noi nu dormea. Rațele erau bucuroase că vor merge în ograda unui crescător de păsări care le va folosi doar pentru expoziții. Cerbul avea să ajungă la o altă pensiune.

La un moment dat, remorca s-a oprit. Stăpânul s-a dat jos și l-am auzit vorbind.

— Salut! V-am adus animăluțul. Cum a fost la ski?

Apoi ușa remorcii s-a deschis și l-am auzit pe stăpân dând indicații.

— Stai tu la ușă să nu iasă cerbul, iar eu urc și îl prind doar pe el.

Nici n-am avut timp să mă întreb pe cine vrea să prindă, că am și fost luat cu brațele pe sub burtică și ridicat. Nu m-am zbătut deloc. Știam că ajunsesem la pensiune, dar nu înțelegeam de ce mă dădea jos doar pe mine.

Remorca era parcată pe o străduță îngustă. De acolo, am intrat pe o poartă, am urcat un deal mic, în lătratul unui câine mare și negru care stătea într-un țarc, iar apoi am fost lăsat jos.

— Uaaaau, parcă a mai crescut puțin! Vaaai, cât e de frumos!

Nu îmi venea să cred. Oare încă visam? Mi se continua visul? Era vocea Georgianei! M-am întors și am dat de privirea ei. Mă mângâia pe cap și mă pupa pe ochi. Eram așa de fericit! Aveam o familie! Eram acasă!

~ Capitolul 2 ~

Eram puțin dezorientat, poate și din cauza drumului, dar și din cauza agitației din jurul meu. Georgiana mă pupa, Marian și părinții Georgianei mă mângâiau. Dar eram fericit! Un singur lucru mă speria. Lătratul venit din partea câinelui mare și negru. Norocul meu că era închis într-un țarc, că dacă ar fi fost liber cred că m-ar fi mâncat.

Georgiana mi-a dat să mănânc și mi-a pieptănat blănița de paie. Apoi mi-a prezentat noua căsuță. Se vedea că e construită de puțină vreme și mirosea a lemn proaspăt tăiat. Ieslea era nouă și umplută cu paie. Când a venit seara, Georgiana m-a băgat în căsuță și mi-a pus înăuntru niște lămpi care dădeau o lumină plăcută, nici prea intensă cât să nu pot dormi, dar nici prea slabă, cât să îmi fie urât.

Am încercat să adorm, ochii mi se închideau...

— Salut! Dormi?

Ce se auzise? Mi-am întins gâtul și m-am uitat afară printr-un gemuleț mic. Dar nu vedeam nimic, era beznă. Salutul părea prietenos, deci nu aveam de ce să mă tem.

— Salut! Nu te văd! De unde vorbești?

— Sunt aici în țarc. Nu ai cum să mă vezi că e noapte, iar eu sunt negru ca tăciunele. Sunt Cairo.

— Cairo? Câinele? Cel care lătra la mine?

— Da, sunt un câine lup, eu sunt aici în familie de când eram pui, am fost cadoul primit de domnul Radu, tatăl Georgianei, când a împlinit vârsta de cincizeci de ani.

— Câine lup? Păi, ești câine sau ești lup?

— Numele meu întreg e Cairo de Arbor Domus.

Sunt câine din rasa ciobănesc german, dar popular se spune „câine lup". Dar stai liniștit că nu mănânc oi.

— Dar eu nu sunt o oaie. Eu sunt alpaca.

— Alpaca? N-am auzit de animalul ăsta până acum. Cum te cheamă?

Pentru prima oară realizam că nu am un nume.

— Nu știu, nu am un nume.

— Sigur îți vor da un nume. Până atunci, vreau să te întreb ceva: vrei să fim prieteni?

Nu îmi venea să cred. Dulăul ăla mare și fioros mă întreba pe mine dacă vreau să îi fiu prieten? Și avea și o voce caldă și prietenoasă. Așa că i-am răspuns fără să ezit:

— Sigur că vreau!

— Super, atunci, de azi vom fi prieteni. Uite, pentru că prietenii se ajută între ei, o să îți arunc în grajd niște mâncare ce mi-a rămas mie. O să îți arunc un os.

— Un os? Dar eu nu mănânc oase. Eu mănânc doar iarbă.

— Cum să mănânci doar iarbă? Iarba e pentru animalele bolnave. Eu mănânc iarbă doar când mă doare burtica.

Am început să râd și i-am explicat lui Cairo că sunt animale carnivore, omnivore și erbivore, iar eu sunt erbivor. A înțeles repede.

— Dar, ia spune-mi, cum sunt părinții noștri? De Georgiana mi-am dat seama că e foarte drăgăstoasă cu animalele, dar pe Marian îl văd cam dur, nu cred că mă place foarte tare.

— Ha, ha! Îți place căsuța ta?

— Îmi place, văd că e nouă.

— El și cu domnul Radu au construit-o. Era un vechi foișor unde familia mai lua masa în curte. Au renunțat la el și i-au pus pereți. Atunci mi-am dat seama că urmează să mai aducă un animal. Marian a bătut dușumea ca să nu răcești. Cum să nu te placă? Are el privirea mai dură, dar să vezi ce o să te iubească. Eu sunt foarte bun prieten cu el. Mă duce pe munte, iar dimineața mergem să alergăm împreună. Poate o să vii și tu cu noi. Uneori mă duce și la baltă, unde înotăm.

— Miaaau, ce vorbiți voi aici? Pot intra și eu în vorbă cu voi? Noaptea nu am somn.

— Salut, Otto. Ai văzut că avem un nou frățior?

— Am văzut. E o oaie foarte drăgălașă.

— Nu sunt o oaie. Sunt o alpaca. Dar tu cine ești?

— Eu sunt Otto. Sunt un motan.

— Îți zic eu, că Otto e mai modest așa de fel. Otto e unul dintre cei doi motani ai familiei. E cel mai blând pisoi din lume, e foarte sociabil, stă în brațele oricui, doarme foarte mult, cam toată ziua. Iar noaptea nu are somn și se plimbă prin curte. Nu-l vezi acum, că e întuneric. E alb cu pete gri. Iarna e foarte gras, pentru că mănâncă foarte multă smântână, iar vara e slăbuț. Când am venit eu aici, Otto era deja în curte. Mi-a povestit Georgiana că cineva l-a aruncat peste gard când era pui mic și nici nu avea ochi. L-a hrănit cu seringa cu lăptic, iar acum e ditamai motanul.

— Eu nu am încă un nume, dar mă bucur să te cunosc, Otto!

— Și eu mă bucur!

— Cairo, ai zis că e unul dintre cei doi motani. Care e celălalt?

— De fapt, Otto e al doilea. Cel mai vechi animal din curte este Petrică. Este motanul de interior – unul roșcat, foarte arogant și încrezut. El iese foarte rar din casă, deoarece consideră că e sub demnitatea lui să stea cu noi. Petrică vorbește urât și nu are niciun prieten. Pe Otto îl bate când îl prinde, iar pe oamenii care vor să-l ia în brațe îi zgârie. Nu cred că te vei înțelege cu el, dar hai să-l strig, totuși, să faceți cunoștință.

— Petruuuu! Petruuuuu!

La fereastra ușii de la intrarea casei și-a făcut apariția un motan portocaliu destul de mare. Pe el îl vedeam bine pentru că holul casei era luminat.

— Ce-ai, mă, de mă strigi la ora asta? Eu la ora asta dorm. Mă confunzi cu maidanezul de Otto care umblă pe garduri ca un golan?

— Hai să faci cunoștință cu o alpaca.

— Nu sunt interesat! Să fie sănătoasă alpacaua voastră.

— Nici măcar nu știi ce e o alpaca!

— Tu nu știi, pentru că ești un câine prostovan. Și nici Otto nu știe pentru că nici el nu are școală. Alpacaua este un animal erbivor originar din Anzii Cordilieri, înrudit cu cămila, care face parte din familia Camelidae. Este un fel de lamă, dar mai mică. De fapt, voi nici de Anzii Cordilieri nu ați auzit, iar lama credeți că e doar obiectul ăla de bărbierit. Acum, lăsați-mă să mă întorc la perna mea, la somn, că mâine voi avea cearcăne dacă nu dorm.

Spunând asta, pisica roșcată s-a îndepărtat, fără ca măcar să salute, ceea ce l-a făcut pe Cairo să strige după el.

— Nici să saluți nu știi? Nesuferitule!

— Marș!

După răspunsul lui Petrică, mi-am dat seama că în el nu voi găsi un prieten. Dar îi aveam deja pe Cairo și pe Otto și eram bucuros alături de ei.

~ Capitolul 3 ~

A doua zi m-am trezit devreme, iar Georgiana a venit la mine cu un castron mare cu banane, morcovi și mere tăiate cuburi. M-a mângâiat pe cap și mi-a zis:

— De acum înainte, ăsta îți va fi micul dejun.

Am păpat repede și apoi am ieșit din grajd. Căsuța mea era formată din două încăperi, dormitorul în care făceam nani, un spațiu cu paie pe jos, acoperit pe toate laturile cu pereți groși, dintre care unul prevăzut cu o fereastră mică, și livingul, un fel de hol cu pereți din plasă de sârmă. În living e depozitat și fânul pentru mine, astfel că pot mânca oricât vreau. E un fel de *all inclusive*.

Am ieșit în curte și mi-am propus să o explorez. E o curte destul de mare, cu mulți pomi. O terasă cu o măsuță și patru scaune a devenit locul meu preferat. Acolo mă tolănesc când Georgiana iese la cafea cu Marian, iar eu le ascult discuțiile. Otto stă și el lângă noi, iar din casă, din când în când, suntem priviți de Petrică.

Zilele treceau destul de repede și locul îmi era tot mai familiar. Doar în grajdul în care stăteau Georgiana și Marian nu intrasem, pentru că Marian zicea că nu aveam voie în casă. Într-o seară, când Marian a plecat la serviciu, Georgiana a deschis ușa și a strigat:

— Pabloooo! Pabloooo!

Pe mine mă striga. Tocmai îmi aflasem numele. Îmi făcea semn să intru în casă. Am ajuns la ușă și, ușor timid, am pășit peste prag.

Primul lucru pe care l-am observat a fost acela că ei nu aveau paie pe jos, ci un fel de dușumea foarte alunecoasă. Aveam de urcat niște trepte, ceea ce am și făcut, ușor, din două salturi. Am ajuns în bucătărie și Georgiana mi-a dat să pap o portocală. Am rămas peste noapte în casă și am dormit foarte bine la căldurică.

A doua zi, când s-a întors Marian, m-a găsit în camera lui și s-a cam supărat, așa că m-a luat în brațe și m-a cărat pe scări până jos, spunându-mi că nu vrea să mă mai prindă în casă. M-am supărat și eu, dar Cairo mi-a explicat că animalele nu au voie în casă și că el nu intrase niciodată. Așa că i-am povestit eu cum e în grajdul oamenilor.

~ Capitolul 4 ~

Primăvara se instala cu repeziciune, iar locul zăpezii era luat de smocuri de iarbă verde, numai bună de păpat. Am rupt primul ghiocel care răsărise și i l-am dus Georgianei. I l-am arătat, apoi l-am mâncat.

Georgiana îmi promisese că atunci când va veni primăvara, mă va scoate la plimbare. Așa că, într-o zi, l-a trimis pe Marian să cumpere un căpăstru. Pentru că nu a găsit nicăieri un căpăstru pentru alpacale, a cumpărat unul pentru ponei. Normal că nu mi s-a potrivit, pentru că am conformația capului total diferită. Până la urmă mi-au pus o zgardă roșie, de cățel, și o lesă. Aveam mari emoții, pentru că niciodată nu ieșisem din curte.

Cu urechile ciulite și foarte curios, am făcut primii pași pe stradă. Oamenii se uitau mirați la mine și o întrebau pe Georgiana ce animal plimbă în lesă. Unii mă mângâiau, alții îmi făceau poze. Cert e că toți se purtau frumos cu mine.

Pentru că mi-a plăcut foarte mult, plimbarea a devenit un obicei aproape zilnic, iar Marian a început să-l ia și pe Cairo cu noi. Cairo îmi explica unde suntem, îmi spunea câte ceva despre fiecare loc. El știa zona foarte bine și nu s-ar fi putut rătăci vreodată. Cairo știa să se întoarcă acasă chiar și din locuri în care nu mai fusese vreodată, pentru că avea un miros excelent.

Locul nostru preferat era grădina lui Zimărman, un deal cu multă iarbă din apropierea casei noastre. Acolo alergam cu Cairo și cu Georgiana până oboseam și mă trânteam pe jos.

Într-una din zile, trecând pe lângă un capăt de linie pentru autobuze, Georgiana l-a întrebat pe șoferul unui autobuz dacă mă poate urca și pe mine două secunde, cât să facă o poză. Șoferul a zâmbit și a fost de acord, așa că am urcat în autobuzul gol și fotografia a fost făcută. Aș fi vrut și să mă plimb cu autobuzul, dar animalelor le era interzis transportul cu autobuzul.

Pentru că poza cu mine în autobuz a fost postată pe internet, un jurnalist a făcut din asta o știre, care a fost preluată de alții, iar până seara ajunsesem la toate știrile.

Nu știam până atunci că unii oameni pot fi atât de răi, încât să îi afecteze faptul că urcasem pentru câteva secunde într-un autobuz gol. Ba chiar se pusese problema ca părinții mei să fie amendați.

Din fericire, șefii acelui șofer s-au arătat a fi oameni faini și, nu numai că nu m-au certat, dar au pus un filmuleț cu mine în toate autobuzele din Brașov. Așa am ajuns să mă plimb cu autobuzul zilnic. Doar pe ecran, desigur.

~ Capitolul 5 ~

Sunt foarte curios din fire, așa că nu m-am putut abține să nu-l întâmpin pe Marian când l-am văzut venind cu un pachet mare în mâini. L-am mirosit, m-am uitat să văd ce scrie pe el, dar nu mi-am dat seama ce era.

— Ce-i, Pablo? Ești curios ce e în pachet? E ceva ce am cumpărat pentru tine, o să vezi tu mâine. Vei avea o surpriză!

Pe cât de mult îmi plac surprizele, pe atât de nerăbdător sunt să le descopăr. Am adormit în seara aceea cu gândul la surpriza ce mă aștepta a doua zi.

De dimineață, l-am observat pe Marian că a întins un nailon mare pe iarbă și a pregătit două funii. Adusese pe nailon și cutia despre care zicea că era pentru mine. Apoi m-a chemat la el, iar eu m-am dus rapid să văd ce îmi dă. În secunda doi eram cu picioarele în sus, legat cu cele două sfori de picioare. Deși știam că nu mi-ar face nimic rău, iar Georgiana era și ea lângă mine, totuși, îmi era puțin teamă. Nu înțelegeam de ce mă legase.

Din cutie, a scos o ustensilă neagră cu un fel de cuțite la un capăt, pe care a băgat-o într-un prelungitor. Mașinăria a început să facă un zgomot asurzitor. Apoi am simțit cum mă mângâia cu ea pe spate. O simțeam fierbinte, dar după fiecare astfel de mângâiere simțeam adierea răcoroasă a vântului, deși afară era foarte cald. M-a întors și m-a mângâiat pe toate părțile. Începuse chiar să îmi fie frig. După ce a terminat toată operațiunea, mi-a dezlegat picioarele și m-am ridicat brusc. Mă simțeam ușor ca un fulg. Marian și Georgiana se uitau la mine lung și râdeau copios. Nu înțelegeam ce era așa de amuzant. Apoi am observat lângă ei un maldăr mare din blănița mea maro. Abia atunci am înțeles ce se întâmplase. Fusesem tuns. Știam că în fereastra ușii de la intrare mă pot vedea, așa că m-am dus să mă uit în oglindă. Trecând pe lângă el, Cairo a început să latre la mine. Nu mă mai recunoștea. Nici eu nu mă mai recunoșteam. Din animalul mare și frumos care am fost, acum eram un pișpiric mic și slăbănog, cu piciorușe subțiri și lungi.

Și ei râdeau de mine în continuare. Petrică, uitându-se la mine de după geam, a început și el să râdă și să facă glume pe seama mea.

— Zici că te-a prins Miliția și te-a tuns ca pe vremuri. Zici că ești cules de pe gârlă.

M-am uitat spre Cairo, așteptând să-mi ia și el apărarea, dar l-am văzut și pe el cum se chinuia să nu râdă. De la etaj, de pe terasă, Otto râdea și el. Am intrat la mine în căsuță plângând și am rămas acolo până a doua zi. Am dormit trist, iar în noaptea aia mi-a fost și frig.

~ Capitolul 6 ~

A doua zi m-am trezit tot supărat și nu am vrut să mănânc micul dejun. Georgiana m-a văzut trist și a venit la mine să mă mângâie. Mi-a explicat că venise vara și că era spre binele meu să fiu tuns, pentru că altfel aș fi murit de cald. Ce-i drept, mă simțeam mult mai ușor și puteam alerga mai repede. Senzația era una plăcută, cu toate că Marian își dăduse examenul de hair-stylist pe mine și nu prea îi reușise.

Ca să-mi mai treacă supărarea, Georgiana mi-a zis că o să mă ducă în vizită la niște copii frumoși care țin o serbare și care își doresc mult să mă vadă. Am uitat pe loc că eram supărat și am urcat pe bancheta din spate a mașinii.

După un drum scurt, am ajuns la o casă de copii. Acolo aveau o grădină imensă, unde am păscut până au ieșit copiii să mă vadă. Erau copii bolnavi, unii în scaune cu rotile, alții cu deficiențe grave și majoritatea cu boli incurabile. Dar cu toții aveau în comun un lucru: erau fericiți. M-am lăsat mângâiat de toți și am făcut poze cu ei. Am plecat de acolo bucuros că le-am putut aduce zâmbetele pe buze și rușinat că eu eram trist doar pentru că fusesem tuns, în timp ce acei copii chiar aveau motive să fie triști. Cu toate acestea ei erau bucuroși.

Cred că și oamenii mari ar avea multe de învățat de la acei copii.

~ Capitolul 7 ~

M-am trezit în bocăneli de ciocan. Ieșind în living, l-am văzut pe Marian bătând niște scânduri într-un coteț mai vechi.

— Neața, Cairo! Ce face Marian acolo? Pentru tine repară cotețul ăla vechi?

— Bună dimineața, Pablo! Cotețul meu e bun, nu are de ce să mi-l schimbe.

— Mă, prostovanilor, nu vă e clar că vor mai aduce un animal aici? Off, și când mă gândesc că la început eram numai eu în toată curtea asta...

— Care curte, Petru? Că tu oricum stai numai în casă.

— Din cauza voastră! Că nu vreau să umblu cu animale de teapa voastră. Haideți, pa! Vorbiți între voi. Și, apropo, la cum arată cotețul ăla, sigur vor aduce un câine. Cine știe ce cotarlă...

— Un câine? Deci nu voi mai fi singurul câine din curte? Iuhuuu, abia aștept!

— Cairo, dar dacă mă va mușca? Mie mi-e cam teamă!

— Cum să te muște? Eu de ce sunt aici? Îl pun la punct imediat dacă e rău cu tine.

Am așteptat cu toții curioși să ne vedem noul frățior. Spre seară, Georgiana a apărut ținând în brațe un ghemotoc mic și gras, aproape rotund, cu niște labe mai groase decât ale lui Cairo. Era un ciobănesc mioritic foarte cuminte și nu scotea niciun sunet. Când l-a lăsat din brațe, a făcut pipi pe el. Era doar un pui mic și speriat.

Marian l-a luat în primire și a început să-l mângâie, apoi s-au întrebat ce nume să-i pună. A zis că exclude numele străine și că vrea un nume pur românesc. Ba chiar i-a înșiruit Georgianei niște nume românești de câini.

— Grivei?

— Nu, e destul de comun.

— Dac?

— Nu-mi place.

— Preda?

— Preda e câinele lui Mihai.

— Codru?

— Fulger?

— Nu Fulger.

— Balaur? Tătar?

— Neaaaa...

— Stai așa, că-l sun pe Mihai. El e pasionat de câini și are doi cu nume românești. O să-i cer un sfat.

Marian a scos telefonul și a apelat un număr, iar apoi l-am auzit zicând:

— Iancu? Hmm, da, e fain! Să o întreb și pe Georgiana, dar cred că Iancu va rămâne. Mersi pentru sugestie!

— Îți place ție Iancu?

— Îmi place!

— Atunci Iancu să fie!

Și așa, pe noul nostru prieten avea să îl cheme Iancu.

Cairo l-a întrebat și pe Iancu, la fel cum mă întrebase și pe mine în prima mea zi, dacă vrea să fie prietenul nostru. Iancu nu îi răspundea nimic.

— Hopa, au adus șarla. Deci ăsta e. Păi ăsta e pui, nici nu știe încă să vorbească. Iar voi, incompetenților, îl întrebați dacă vrea să vă fie prieten. Să fiu în locul lui, n-aș vrea prieteni care să se aștepte de la un bebeluș să vorbească.

— Măi, Petru, dar tu chiar nu te poți purta normal?

— Marș!

Încet-încet, Iancu a început să prindă curaj. Am început să mă joc cu el, iar el să mă muște de urechi. Avea niște dinți ca niște ace, dar mă prefăceam că nu mă doare când mă prindea de urechi, doar ca să îi fac pe plac. A învățat să lege cuvinte destul de repede și mai apoi să vorbească - puțin sâsâit, dar se înțelegea ce spunea. De Cairo se temea, deși Cairo e genul de câine care nu ar face rău nimănui, niciodată. Otto chiar mi-a povestit că odată a ieșit Petrică în curte, iar Cairo era liber. Ar fi putut atunci să îl sfârtece, mai ales că Petru mereu îi vorbește urât și de sus, dar Cairo nu i-a făcut nimic.

Iancu creștea pe zi ce trece, iar joaca cu el era tot mai intensă. Pentru că nu făcuse toate vaccinurile, Iancu nu avea voie să iasă din curte și nu venea cu noi la plimbare pe stradă. Dar când ne întorceam, ne jucam pe cinste.

~ Capitolul 8 ~

Încă dormeam, când am auzit-o pe Georgiana intrând la mine cu micul dejun. Era mult mai devreme decât de obicei când îmi aducea mâncarea.

M-am ridicat în picioare și am ieșit în curte. La ușa casei am observat mai multe bagaje și pe Marian cu un rucsac în spate. Mi-am dat seama că plecau undeva, pentru mai multe zile, la cât de multe bagaje aveau.

— Pablito, noi o să plecăm în vacanță la mare și o să lipsim zece zile. Din păcate nu vă putem lua cu noi, dar v-am lăsat papa și apă la discreție. Să fiți cuminți!

Vestea m-a întristat, dar gândul că voi rămâne cu prietenii mei mi-a alinat din supărare. În plus, zece zile aveau să treacă repede. Ne-am luat cu toții la revedere și am rămas împreună la joacă. Ușa de la țarcul lui Cairo a rămas deschisă, astfel că și el se putea juca cu noi. Numai Petrică era în continuare în casă și mai venea din când în când la geam, de unde ne privea cu superioritate. Ceva îmi spunea că Petrică avea un suflet bun, dar îi plăcea să facă pe durul.

Cu toate că mă înțelegeam foarte bine cu Cairo și cu Otto, feblețea mea era Iancu. Cu el mă jucam de dimineață până seara. Chiar și când eu oboseam și nu aveam chef de joacă, îl lăsam să își facă damblaua și să mă tragă de urechi sau de coadă. Aveam grijă de el să pape la timp, să bea apă și să-și ia calciul. Iar el mă iubea la fel de mult și era mereu lipit de mine. Ba chiar a venit într-o noapte și a dormit în căsuța mea. De atunci, am dormit mereu împreună.

Otto se cățăra pe terasă sau prin vreun pom și se uita la noi cum ne jucam. Cairo venea și el la joacă, dar se plictisea mult mai repede decât Iancu și se retrăgea la el în coteț. Seara ne spunea povești auzite de la bunicul lui și noi ascultam cu atenție până când adormeam.

Trecuseră câteva zile de când Georgiana și Marian plecaseră și mie mi se făcuse tare dor de ei. Așa că m-am gândit să le scriu o scrisoare. Am găsit pe terasă un pix și am luat o foaie din cele puse lângă grătar pentru aprins focul.

Am stat puțin să mă gândesc și am scris așa:

Dragă Georgiana,

Să știi că totul e bine acasă, deși eu am stat numai la poartă în primele două zile, așteptând să te întorci.

Iancu a mai crescut, un lucru firesc de altfel, ținând cont că mănâncă cât un purcel și face nani aproape cât Otto. Mă joc zilnic cu el și îl las să mă smotocească. L-am mușcat și eu de ureche puțin, dar nu l-a durut pentru că eu nu am dinții atât de ascuțiți ca ai lui.

Nu am dat pe jos niciun ghiveci, nu am rupt niciun cactus și nu am mâncat nicio mușcată. Cairo are grijă de mine și îmi pregătește în fiecare dimineață mere cu banane și furaje. Seara îl alerg puțin până reușește să mă bage la loc, dar până la urmă intru și fac nani cuminte, împreună cu Iancu. Îmi pune luminițele ca să nu-mi fie urât.

Otto a stat ieri vreo două ore lângă iazul cu pești, dar nu a prins niciunul. Iancu voia să se joace cu el și îl tot apuca de coadă. La un moment dat, Otto s-a supărat și l-a fugărit pe Iancu prin toată curtea. N-am mai văzut câine să fugă de o pisică! Dar la cât papă Iancu, cred că în curând asta nu se va mai întâmpla. Eu l-am certat pe Otto, dar mi-a zis că dacă nu-l las în pace, o să îți spună că am mâncat trei mușcate și am dat pe jos aproape toate ghivecele. Eu i-am zis că dacă mă va pârî, voi spune și eu despre cei trei pești pe care i-a prins și i-a mâncat cu tot cu oase. Până la urmă am stabilit să fim ca frații și să nu ne pârâm. D-aia am scris că n-a mâncat niciun pește și că eu n-am dat jos niciun ghiveci.

Petrică nu prea a ieșit din casă, se uită la noi de pe geam, la fel de arogant cum îl știi. Cairo vrea să alerge de dimineață, dar nu are cu cine pentru că eu nu am chef de alergat. El are grijă de noi toți și ne supraveghează orice mișcare. A zis că el e șeful curții și noi am aprobat. Nimeni nu comentează în fața lui Cairo.

Iancu și-a luat calciul în fiecare zi și trebuie să meargă zilele următoare la un nou vaccin.

Vă pupăm și să aveți grijă de voi!

Cu dor,
Pablo, Iancu, Otto, Cairo și Petrică!
P.S. Să-i zici lui Marian să-mi aducă un magnet, să mi-l pun pe iesle.

Petrică nu fusese de acord cu scrisoarea, dar îl trecusem și pe el la semnatari. Acum rămânea să pun scrisoarea la poștă.

În plimbările cu Georgiana, trecusem de multe ori pe lângă un oficiu poștal. Nu era departe și știam drumul cu ochii închiși. I-am zis lui Cairo că vreau să mă duc să pun scrisoarea la poștă și nu a fost de acord, spunând că nu am voie să ies din curte. Pentru că Otto e un motan foarte umblat, l-am rugat pe el să ducă scrisoarea.

— M-aş duce, dar poşta e pe teritoriul lui Gonzo, un motan uriaş şi alb, cu mustăţi imense. Nu am cum să intru pe zona lui. Nu aş scăpa viu.

Pusesem atât de mult suflet în acea scrisoare, încât voiam să o trimit cu orice preţ. Aşa că am început să pasc şi, când Iancu s-a aşezat să se odihnească, m-am dus încet spre poartă. Când Cairo nu a fost atent, mi-am luat avânt şi am sărit peste gard, dar acesta fiind destul de înalt, am lovit o tablă cu picioarele din spate, iar zgomotul l-a trezit pe Cairo.

— Pablo, tu eşti?

Pentru a-l linişti, i-am strigat de peste gard.

— Mă duc la poştă, în maximum zece minute sunt înapoi.

Nu am mai auzit ce a zis pentru că am fugit puţin ca să nu vină după mine şi să mă bage în curte înapoi.

Cu zgarda mea cea roşie, pe care Georgiana mi-o pusese ca să nu fiu deocheat, mergeam ţanţoş pe trotuar, ţinând în gură scrisoarea pentru părinţii mei. Eram sigur că se vor bucura.

În cinci minute am ajuns la poştă şi am intrat în oficiu. Acolo, pe o masă, erau mai multe plicuri. Observasem că o doamnă introdusese o foaie într-un plic şi dăduse cu limba pentru a-l lipi. Mi-am dat seama că asta trebuie să fac şi eu, aşa că am luat un plic de pe masă, am băgat în el scrisoarea şi, pentru a lipi plicul, am folosit metoda mea de apărare, adică am tras un scuipat care a făcut plicul să se lipească instantaneu. Între noi fie vorba, cred că nici nu mai era nevoie de acel lipici de pe plic.

Am introdus plicul în cutia poştală şi am ieşit, am traversat strada frumos şi am început să merg înapoi spre casă. Cairo nu avea de ce să se supere pe mine, aveam să ajung acasă chiar în mai puţin de zece minute.

~ Capitolul 9 ~

— Hei, Otto! Pablo nu ar fi trebuit să se întoarcă până acum? Poșta e destul de aproape, de ce întârzie atât? Du-te, te rog, până la poartă, cațără-te pe cel mai înalt stâlp și uită-te după el.

— Mă duc acum. Și eu cred că trebuia să se întoarcă deja.

Otto a fugit rapid la poartă și din câteva salturi era în vârful stâlpului. Nici urmă de Pablo.

— M-am uitat peste tot, în toate direcțiile. Pablo nu e nicăieri. Offff! Unde s-o fi dus?

— Dacă s-a lătăcit? Eu cuține mă mai zoc? Unde e Pablooo? se întreba Iancu, în timp ce plângea din ce în ce mai tare.

— Vleau să vină Pablooo, e plietenul meu cel mai bun!

Auzind forfota din curte și plânsul lui Iancu, motanul Petrică a apărut la ușa de la intrare.

— Ce aveți, de ce faceți gălăgia asta?

— E vorba de Pablo. S-a dus până la poștă să pună o scrisoare și nu s-a întors nici acum. E plecat de mai bine de o oră.

— Foarte bine! Să vină când oi spune eu! Auzi la el, ce prostovan, s-a rătăcit până la poștă. Acum lăsați gălăgia că eu trebuie să dorm!

Cairo și Otto erau foarte îngrijorați, în timp ce Iancu plângea în hohote după prietenul lui.

— Eu zic să mai așteptăm o oră și, dacă nu se întoarce, să facem ceva.

— Da, am putea face un chef! zise Petrică râzând.

— Tu du-te și dormi! Otto, tu vei veni cu mine!

— Si eu? Eu țe fac? Eu cu ține fac nani la noapte?

— Tu ești prea mic ca să vii cu noi. Tu o să rămâi acasă.

— Nuuuuu! Cailo, te looog, ia-mă si pe mine cu voi. Vreau sssi eu să viiin! E plietenul meu țel mai bun! Plomit sa fiu ascultătol sssi să nu vă înculc. Ba chial să vă azut!

— Bine. O să te luăm și pe tine. Mergem toți trei. Petrică, vrei să vii și tu?

— Eu? Să ies eu din casă și să umblu pe străzi? Nici vorbă!

— Eram sigur că nu o să vii. Dar măcar fă ceva pentru noi. Tu ești singurul care știe să deschidă ușile și porțile. Hai să ne deschizi poarta ca să putem ieși! Te rog frumos!

— Hmmm... și mie ce îmi iese?

— O să îți dea Otto plicurile lui cu mâncare pentru două zile.

— Pentru trei zile vreau!

Cairo se uită spre Otto care dădu din cap aprobator.

— Fie, mâncarea lui Otto pentru trei zile.

Dintr-o mișcare, Petrică sări pe clanța ușii și ieși din casă.

— Haideți mai repede să vă deschid și poarta, că m-a cam luat somnul.

Cairo era primul, urmat de Otto, iar Iancu încerca să țină pasul cu ei. Ajunși la poartă, Petrică s-a uitat cu superioritate la animalele pregătite să plece în operațiunea de căutare și le-a spus:

— Mă, prostovanilor, unde plecați voi așa de capul vostru? Habar nu aveți unde să vă duceți! Voi credeți că așa se face o căutare? Umblând teleleu pe străzi? Trebuie să ne organizăm!

— Să ne organizăm? Să ne? Noi? Adică vii și tu cu noi? exclamă Cairo uimit.

— Fiți atenți la mine! Din momentul ăsta, eu sunt șeful vostru. Eu vă organizez, de mine ascultați și nu-mi ieșiți din cuvânt. Aveți ceva de comentat?

— Eu sunt de acord! spuse Cairo.

— Și eu! aprobă Otto.

— Eu îl vleau pe Pablоооо, vleau ssssă mă zoc cu el! plângea în continuare Iancu.

— Sâsâitule, tu ori te oprești din plâns, ori rămâi acasă!

— Gata, gata, nu mai pâng, nu mai pâng! Hai să găsim alpacaua mea plefelată!

— Bun. Cairo! Tu ești cel mai mare. Ne vom folosi de mirosul tău excelent, de forța ta fizică și de mușcătura ta puternică.

— Dar eu n-am mușcat pe nimeni niciodată!

— Va trebui să înveți! Otto, ne vom folosi de agilitatea ta. Te vei cățăra și te vei strecura în locurile greu accesibile. Sâsâitule, ție nu îți găsesc nicio utilitate încă. Sper doar să nu ne încurci. Și, în ce mă privește, ne vom folosi la maximum de inteligența mea. Și de modestie, desigur! Acestea fiind spuse, hai, să pornim!

Dintr-un salt, Petrică a sărit pe clanța porții pe care a deschis-o. Animalele erau acum pe stradă, așteptând indicațiile lui Petrică.

— Încotro mergem? Spre poștă? întrebă Cairo nedumerit.

— Bănuiesc că nu s-a dus să ducă scrisoarea la magazin. Normal că înspre poștă. Dar ca să fim mai siguri, folosește-ți botul ăla bălos și ia-i urma.

— Dar am nevoie de mirosul lui Pablo. Îmi trebuie ceva de la el, care are îmbibat mirosul lui.

— E simplu. Miroase-l pe sâsâit. La cât se joacă cu el și la cum stau lipiți toata ziua, cred că ăsta mai tare miroase a capră decât a câine.

Cairo se apropie de Iancu și începu să-l adulmece, apoi se apleca spre asfalt.

— Gata! Am găsit o urmă. Pe aici a luat-o. Haideți după mine!

Coloana de animăluțe se îndrepta spre poștă. Primul era Cairo care adulmeca urma, urmat de Otto și de Iancu. Petrică stătea ultimul, ca un adevărat lider și îl împingea de la spate pe puiul de câine, când acesta obosea.

— Hai, sâsâitule, hai! Vezi dacă mănânci ca un porc? Ești ca o bilă de gras. Haide, mișcă-te!

După un sfert de oră, au ajuns în fața oficiului poștal, care era acum închis. De acolo, Cairo a găsit o altă urmă, care traversa strada și mergea înapoi spre casă.

— Hmmm... deci a fost la poștă și a lăsat scrisoarea, apoi s-a întors spre casă, conchise Petrică.

După vreo două minute de mers, Cairo s-a oprit dezorientat.

— De aici nu mai miros nimic. Cum e posibil? S-a evaporat aici?

— Sstiu eu, sssstiu eu! Dacă până aiți a milosit asfaltul a Pablo si de aiți nu mai miloase, înseamnă că de aiți a zbulat.

— Mdaa... m-aș fi mirat să zici ceva inteligent. Când îți mai vin astfel de idei, înghite-le și nu le mai spune cu voce tare. Auzi la el... a zburat capra.

— Să mă urc pe casa asta să mă uit dacă văd ceva? întrebă Otto, vrând să se facă util.

— Nu o să vezi nimic, te urci degeaba. Treaba e simplă. Vedeți semnul ăla de pe stâlp? Ăla arată că aici este o stație de autobuz. Mirosul de capră dispare fix aici. E clar, capra s-a urcat în autobuz.

— Nu e o caplă! E o alpaca si e plietenul meu țel mai bun!

— Mă rog... capră, alpaca sau ce o fi, s-a urcat în autobuz.

— Dar de ce s-ar fi urcat în autobuz? Că doar era pe drumul cel bun spre casă. În plus, din stația asta, autobuzele merg în direcția opusă față de casa noastră, spuse Otto.

— Cairo, ia spune-mi, după ce am traversat și am venit înapoi pe trotuar spre casă, nu ai simțit mirosul de alpaca mai răsfirat? Adică din loc în loc?

— Ba da.

— Acum să vă spun de ce. Pentru că pe porțiunea asta nu a mers normal. A alergat. Cineva l-a fugărit, de aceea s-a urcat în autobuz. Aș paria că a fost un câine. În stația asta opresc doar două linii de autobuz. Cairo, vom sta aici și vei urca rapid în fiecare autobuz care va opri în stație. Va trebui să îl găsești pe cel în care a urcat Pablo, să ne faci semn când îl găsești și să urcăm și noi.

Dar ai grijă să cobori înainte de a se închide ușile, în cazul în care nu simți niciun miros, să nu te pierdem și pe tine.

— Am înțeles, Petrică! Uite, vine un autobuz!

Autobuzul a oprit în stație și câțiva călători au coborât pe ușa din față. Cairo a urcat în grabă, a adulmecat rapid culoarul, apoi o coborât.

— Aici nu a fost. Să-l așteptăm pe următorul!

Cu următorul autobuz s-a întâmplat la fel. Tot așa și cu celelalte. Cairo mirosise deja vreo zece autobuze, iar afară se înserase.

— Se pare că nu a urcat în autobuz. Va trebui să-l căutăm în altă parte, spuse Cairo aproape extenuat.

— Sssstați, uitați că mai vine un autobuz. Eu zic sssă-l miloasssă si pe ăsta.

— Bravo, pui de câine! Fără tine ce ne făceam? îi răspunse Petrică ironic.

Autobuzul a oprit în stație și Cairo a urcat pe ușa din spate. Nu mai era niciun călător la ora aceea. În timp ce adulmeca pe culoar, s-a oprit brusc și a început să dea din coadă.

— Urcați repede! Cu ăsta a fost Pablo, e mirosul lui.

Dintr-un salt, Petrică a fost în autobuz, urmat de Otto.

— Haide, sâsâitule! Urcă mai repede!

Oricât se chinuia Iancu să urce, scara autobuzului era mult prea înaltă pentru el.

— Nu pooot, nu poooot!

Cairo s-a îndreptat spre Iancu vrând să-l apuce cu gura de ceafă, dar chiar în acel moment ușile s-au închis.

Autobuzul a plecat cu animalele uitându-se pe geamul din spate la ghemotocul de blană care alerga schelălăind după mijlocul de transport.

— Acum ce ne facem? L-am pierdut și pe Iancu!

— V-a trebuit vouă să-l luați și pe sâsâit. Eram sigur că ne va încurca mai mult. O să coborâm în prima stație. Oricum trebuia să verifici după miros dacă nu și oaia a coborât tot aici.

La prima stație animalele au coborât și au luat-o pe drumul de întoarcere, iar pe la jumătatea acestuia l-au văzut pe Iancu alergând spre ei. Cățelul schelălăia de făcuse toți câinii de prin curți să latre, transformând zona într-un vacarm.

De bucurie că a ajuns din nou în grup, Iancu a început să îi lingă pe Cairo și pe Otto. Nici Petrică nu a scăpat, primind o limbă peste ochi.

— Bleeeah, câine sâsâit! a exclamat Petrică, în timp ce se ștergea cu lăbuța.

— Să nu mai faci așa ceva cu mine niciodată!

— Și acum? Ce facem? Aici în stație nu simt niciun miros. Acum o iau de la capăt cu adulmecatul autobuzelor până îl găsesc iar pe cel în care a fost Pablo?

— Normal că nu! L-ai găsit o dată. Îl vom aștepta tot pe ăla.

— Și de unde mai știm care e? Sunt toate la fel!

— Așa e, dar doar unul are numărul 534! spuse Petrică, ducându-și degetul arătător la tâmplă.

Animalele s-au dus din nou în stație și s-au pus pe așteptat, până când autobuzul cu numărul 534 a venit în stație și au urcat.

— Cairo, mai știi ce ai făcut când ai adulmecat toate autobuzele?

— Normal că stiu.

— Foarte bine, acum va trebui să faci operațiunea inversă.

— Adică, în loc să adulmețe, să sufle în autobuze?

— Bravo, sâsâitule, iar ai zis ceva în loc să taci. Cairo va trebui să coboare în fiecare stație și să adulmece trotuarul pentru a vedea în care stație a coborât capra.

— Plietenul meu țel mai bun e o alpaca. Nu e caplă.

Cairo cobora în fiecare stație, dar urca înapoi, negăsind niciun miros.

Abia în capătul liniei, într-un cartier de la periferia orașului, Cairo a dat de urma lui Pablo, iar animalele au coborât toate din autobuz.

— Hmmm... e clar. Capra a fost luată de cineva.

— De unde știi asta, Petrică?

— Dacă ai urca tu în autobuz și ar pleca cu tine, unde ai coborî?

— Eu as cobolî la prima stație si m-as întoalce pe zos acasă.

— Vedeți? Până și puiul de câine ar fi făcut asta. Capra de ce nu a făcut-o? Vă zic eu, pentru că nu a putut. Cineva a luat-o.

— Plietenul meu țel mai bun nu e caplă. E o alpaca!

~ Capitolul 10 ~

La un moment dat, gândul meu la bucuria Georgianei când va primi scrisoarea a fost brusc întrerupt de un lătrat puternic. Abia mi-am întors gâtul, că am și văzut ditamai câinele alergând spre mine. Am apucat să-i văd colții imenși și am luat-o la fugă, alergând cât mă țineau copitele. Deși fugeam foarte tare, simțeam câinele și îi auzeam mârâitul tot mai aproape de mine. Îmi era clar că nu am cum să ajung până acasă fără să mă prindă. Trebuia să intru undeva neapărat. Chiar atunci, în dreptul meu am văzut un autobuz oprit în stație și, fără să stau pe gânduri, am urcat în el. Ușile s-au închis înainte ca acel câine să urce și el. Și astfel am scăpat.

Oamenii din autobuz se uitau mirați la mine. La fel de mirat eram și eu, pentru că, deși Georgiana mă urcase mai demult într-o astfel de mașină, acum era pentru prima oară când mergeam cu una.

Eram bucuros că scăpasem de câine și așteptam ca autobuzul să oprească în prima stație ca să cobor și să mă întorc acasă. Când autobuzul a oprit și ușile acestuia s-au deschis, am făcut trei pași spre ieșire și am simțit o mână puternică prinzându-mă de zgardă.

— Stai, căpriță maro. Unde vrei să pleci? De acum ești capra mea!

Simțind că nu mai pot înainta, mi-am întors privirea spre cel care mă ținea strâns de zgardă. Era un bărbat înalt și solid, îmbrăcat murdar și cu hainele din lână, pe alocuri zdrențuroase. Era încălțat cu cizme de cauciuc, iar mijlocul îi era strâns cu o curea lată din piele. Fața îi era bine arsă de soare, iar palmele îi erau crăpate de muncă.

— Să vezi ce bucuros o să fie Mitruț când o să te vadă! O să fii jucăria lui!

Pierdusem deja numărul stațiilor și teama îmi creștea pe măsură ce mă îndepărtam de casă. Dar frica cea mai mare o aveam față de omul care nu îmi dădea drumul.

Într-una dintre stații, a urcat o femeie mai în vârstă care m-a văzut și a venit direct la mine și a început să mă mângâie.

— Pablooo! Ce faci pe aici?

— Îl știți pe Pablo, doamnă? întrebă omul care mă ținea în continuare strâns.

— Normal, uitați-l și aici, pe ecran! răspunse femeia, arătând spre unul dintre ecranele montate în autobuz, pe care rula un scurt filmuleț cu mine și cu Georgiana.

— Ea e stăpâna lui. Sunt nedespărțiți. Cum de l-a lăsat singur? O fi scăpat din curte și s-a rătăcit?

— Nuu, nuuu! Omul acesta m-a prins și nu vrea să îmi dea drumul! încercam să-i explic doamnei, în timp ce mă zbăteam din răsputeri.

Dar era în zadar. Oamenii nu puteau înțelege limba animalelor.

— Pablo ziceți că îl cheamă? Nici nu mi-a zis fosta lui stăpână cum îl cheamă.

— Fosta?

— Fosta, da. Că abia l-am cumpărat. Mi l-a vândut fătuca aia care apare acolo pe ecran. Mi-a cerut o grămadă de bani pe el, noroc că am negociat la sânge și a mai lăsat vreo doi lei, acolo.

— I-auzi, dom'le. Și eu chiar am crezut că îl iubește și că sunt nedespărțiți.

— Eheee, domniță! Banu' e ochiu' dracului! Imediat s-a lepădat de el când i-am dat banu'!

Îl ascultam pe acel om și nu-mi dădeam seama cum de poate minți în așa hal. Avea Marian dreptate că oamenii sunt mai răi decât animalele. Oamenii au obiceiul să mintă, lucru pe care la noi, la animale, nu-l întâlnești. Iancu, Otto, Cairo... niciodată nu i-am auzit spunând minciuni. Nici măcar Petrică nu mințea.

Motorul autobuzului s-a oprit. Era capăt de linie. Ajunși acolo, am coborât fiind tras puternic de gât. Femeia și-a luat la revedere de la „cumpărătorul" meu și a plecat fără să mai aibă vreo suspiciune legată de mine.

— Să vă trăiască și să aveți grijă de el!

— Mulțumesc, domniță! Sănătate și dumneavoastră!

Am făcut câțiva pași, mai mult târât decât mergând, iar apoi ne-am oprit în dreptul unei dube negre. Omul i-a deschis ușile din spate și m-a împins cu putere înăuntru. După ce ușile au fost închise, duba a fost cuprinsă de beznă.

Începusem să tremur de frică. Mă gândeam la lămpițele pe care mi le punea Georgiana, în fiecare seară, la mine în căsuță. Îmi era dor de Iancu, de Cairo, de Otto și.... chiar și de Petrică.

Am auzit duba pornind și m-am așezat repede pe burtă ca să nu cad.

Am mers cam o oră cu mașina și am simțit fiecare curbă. Când duba s-a oprit, eram foarte amețit și îmi era tare sete din cauza căldurii.

— Mitruț, hai să vezi ce ți-am adus!

Ușile dubei s-au deschis și am fost instantaneu orbit de lumina puternică. Când mi-a revenit vederea, l-am putut observa pe Mitruț, un copil de vreo zece ani, roșcat, pistruiat și ușor plinuț.

— Mamăăă, ce cal maro! Ăsta e cel mai blănos cal care l-am văzut vreodată!

Parcă îl și auzeam pe Marian cum l-ar fi corectat pe pistruiat și i-ar fi spus că se zice „pe care".

— Tata, ține-l să mă urc pe el, să-l călăresc! Haideee, ține calul să urc pe el!

La cum mă simțeam, ultimul lucru pe care voiam să-l simt pe spatele meu era copilul care mă credea cal. Speram ca taică-său să-l potolească și să-i explice că sunt o alpaca și că nu sunt de călărit, dar când colo, omul m-a apucat din nou de zgardă și l-a îndemnat pe Mitruț să urce pe mine.

— Hai, că-l țin, sari!

Copilul s-a dus câțiva metri în spate, și-a luat avânt și a pornit în alergare spre mine, în timp ce urla cât îl țineau plămânii: „căluțuleee, căluțuleee!"

Când am simțit că a pus mâinile pe mine, m-am smucit cu toată puterea, am făcut o piruetă și am ajuns în spatele lui Mitruț, la timp cât să-l observ cum aterizează cu fundul pe pietriș. Băiatul a început să plângă ofticat și apoi s-a ridicat scuturându-se de praf în timp ce spunea niște cuvinte urâte. A venit din nou spre mine, de data asta fără intenția de a mă călări și când a ajuns în dreptul meu mi-a zis:

— Ești un cal prost!

Apoi a rupt o nuia dintr-un copac și a intrat cu ea într-un fel de magazie. Pe gardul dinspre stradă, pe o tablă mare și ruginită, scria mare cu vopsea gri „Colectăm fer vechi". Am fost împins pe poartă și am ajuns într-o curte destul de mare, total diferită de cea de la mine de acasă. În locul ierbii verzi și dese, aici era pietriș. În toată curtea erau aruncate fel de fel de fierătănii, mașini de spălat vechi, frigidere, piese de mașini, cuptoare, sârme și alte lucruri din fier.

Casa era una neîngrijită, cu tencuiala pe alocuri căzută și cu țiglele pline de mușchi verde. În stânga casei era magazia în care intrase Mitruț, iar în spatele curții era un gard înalt din beton care avea un fel de poartă din tablă. Pe acolo m-a dus tatăl lui Mitruț. Eram prea obosit ca să mai opun rezistență și oricum m-aș fi împotrivit degeaba. Așa că mergeam la pas pe lângă omul care încetase să mă mai tragă, observând că mă supun și merg unde vrea el. Am intrat pe acea poartă și am ajuns într-o altă curte, la fel de plină de lucruri vechi și nefolositoare, împrejmuită cu un gard înalt din tablă ruginită. Deasupra tablelor erau trei rânduri de sârmă ghimpată. Acolo mi-a dat drumul și m-a lăsat liber pentru prima oară de când mă prinsese de zgardă. Omul a plecat în casă, nu înainte de a închide poarta și de a trage un zăvor zgomotos.

Acum eram singur între acele fiare și mă gândeam la o metodă de a scăpa. Pe deasupra gardului nu aș fi putut sări nici dacă nu ar fi fost sârma ghimpată, atât de înalt era. Poarta nu o puteam deschide pentru că era încuiată cu acel zăvor, iar dacă aş fi reuşit să o deschid aş fi ajuns în cealaltă curte, acolo unde era casa şi magazia unde intrase copilul.

Eram foarte obosit, dezorientat şi speriat. Foame nu îmi era deloc, deşi nu mâncasem de ceva vreme. Se înserase bine şi eram resemnat că nu voi putea pleca de acolo, aşa că m-am dus într-un colţ al curţii şi m-am aşezat. Nu îmi era somn deloc. Îmi treceau prin cap tot felul de lucruri. Mă gândeam la căsuţa mea cu felinare şi paie proaspete, la ieslea cu fân proaspăt şi la vasul cu apă proaspătă pe care Georgiana mi-l lăsa în căsuţă înainte de a-mi spune „noapte bună" şi de a mă pupa pe ochişori. Ce bine era să fi fost acasă, să fac nani cu Iancu! Unde o fi prietenul meu cel mai bun? Cum face el nani fără mine? Dar Cairo? El mi-a zis să nu ies din curte şi nu l-am ascultat. Cred că e atât de îngrijorat acum. Otto cred că umblă pe toate gardurile să se uite după mine. Oare ce va spune Georgiana când se va întoarce din vacanţă şi nu mă va găsi acasă? Doar lui Petrică credeam că nu-i pasă de mine şi că dormea adânc.

Am adormit năpădit de toate aceste gânduri şi am avut un vis foarte ciudat. Se făcea că eram într-un deşert, îmi era foarte cald şi simţeam că nu mai aveam aer. Copitele mă frigeau la fiecare atingere a nisipului fierbinte şi căutam cu disperare o sursă de apă. Simţeam că nu mai am vlagă şi că mă sting încet-încet. Aveam nevoie să beau apă neapărat, dar totul în jurul meu era uscat. Am mai făcut doi paşi şi am căzut în genunchi. Am încercat să mă ridic, dar am căzut pe o parte, chiar cu faţa la soarele care era acum şi mai puternic și mai arzător. Am închis ochii orbit de lumină, apoi am încercat să-i deschid. Nu am mai reușit. Pleoapele erau tot mai grele și mai neascultătoare. Am auzit un țiuit puternic, apoi am auzit vocea Georgianei care îmi șoptea ușor: Pablooo, Pablooo. Am deschis ochii cu o ultimă putere și am văzut-o lângă mine. S-a apropiat, m-a luat în brațe și a început să mă mângâie încet, încet pe ochișori. Uitasem de sete, de căldură, de deșertul fierbinte. Acum îmi era bine. Am închis ochii din nou și am simțit-o pe Georgiana cum pleacă. Am reușit să mai deschid ochii doar cât să o pot vedea, neclar, cum se îndepărtează. Deși voiam să fac ochii mari, pleoapele mi se închideau fără să le pot controla. Am vrut să o strig, dar gura îmi era încleștată. Nu mai simțeam nimic. Apoi s-a făcut liniște. Liniște deplină.

~ Capitolul 11 ~

Se întunecase deja bine, iar animalele erau într-un capăt de linie al autobuzelor, undeva la marginea orașului. Pentru că porniseră căutările de ore bune, acum erau foarte obosite și le era și foame.

— Mie mi-e foame tale, tale! Îmi simt bultica goală!

— Otto, aici trebuie să îți intri în rol. Tu ești motanul de curte, vagabond, descurcăreț și șterpelitor. Eu sunt obișnuit să primesc hrană la plic, în vasul meu curat. Iar când nu e proaspătă, nu o mănânc. Dar la ce foame am acum, o să fac o excepție! spuse Petrică, lingându-se pe bot.

— Dar eu nu fur mâncare! Marian m-a prins o dată că m-am urcat pe masă și am luat un crenvurst și m-a certat rău de tot. De atunci, nu am mai șterpelit nimic.

— Ghici ce! Marian nu-i aici! În plus, vom muri de foame dacă nu mâncăm ceva rapid. Așa că scopul scuză mijloacele. Vezi magazinul ăla? E încă deschis. Vei intra pe ușă tiptil și te vei furișa la vitrina cu cărnuri. De acolo vei șterpeli bucata cea mai mare, iar noi te vom aștepta în spatele acelui gard viu.

— Eu nu sunt de acord cu așa ceva! Noi nu suntem hoți! Nu putem face asta! adăugă Cairo.

— Băieți, care parte din „eu sunt șefu'!" nu ați înțeles-o atunci când v-am zis la început? Ia uitați-vă la puiul de câine! Ia zi, sâsâitule, ai mânca niște carne?

— Daaaaa! Daaaa! Vleau calne!

— Ați auzit, da? Otto... executarea! Te așteptăm la gardul viu!

Animalele au plecat înspre spațiul verde, mai puțin Otto care a rămas pe loc pentru a-și face curaj. Apoi și-a luat mersul de felină și s-a îndreptat spre ușa magazinului care acum era închisă. A pândit momentul, iar când un client a ieșit, s-a strecurat pe ușă și s-a dus spre vitrina cu preparate din carne. Pentru că o vânzătoare era la raion și era gata să-l vadă, Otto s-a ascuns după un raft cu pufuleți și s-a pus la pândă.

Celelalte animale se uitau cu inima cât un purice peste gardul viu spre ușa magazinului. Numai Iancu nu putea ajunge și îi întreba din când în când:

— A iesit? A iesit? Dacă îl plinde?

— Dacă îl „plinde" o să mori de foame, sâsâitule!

Trecuseră deja mai bine de douăzeci de minute și Otto nu mai ieșea.

— Cairo, mai așteptăm cinci minute și dacă Otto nu iese, vei intra în forță. Înseamnă că a fost prins, iar tu îl vei salva. Vei pătrunde dinamic și vei mușca ființa umană care îl ține pe Otoman prizonier.

— Să mușc un om? Dar eu nu am mușcat pe nimeni, niciodată!

— Bănuiesc că nici n-ai mai stat vreodată lihnit într-un capăt de linie de autobuze, însoțit de un pui de câine înfometat și două pisici flămânde.

Discuția câine-pisică a fost întreruptă de un zgomot de sticlă spartă. S-au uitat repede spre magazin și au văzut o vânzătoare cu un mop în mână, alergând după Otto, care fugea cât îl țineau picioarele, cu ochii mari, bulbucați, și cu urechile pe spate, trăgând de un metru de cârnați care loveau tot ce le stătea în cale, inclusiv un borcan cu castraveți murați care s-a spart zgomotos de gresia din magazin. De spaimă, Otto s-a izbit atât de tare de ușa magazinului încât a reușit să o deschidă suficient cât să iasă. Când ușa s-a închis, a prins ultimii trei cârnați din șir, împuținând astfel hrana animalelor.

— Să nu mă mai pui să fac d-astea! Era să mor de spaimă.

— Taci din gură că d-aia gâfâi. Vorbești mult, în loc să taci ca să-ți reglezi pulsul. Ia să văd, ce avem noi aici... cinci cârnați pe care nu i-aș mânca în alte condiții. Pentru că e cel mai mare, Cairo va mânca doi cârnați, iar noi câte unul.

Nici nu terminase bine de zis, că Iancu mâncase deja partea lui. Cairo înfulecase și el cei doi cârnați, iar pisicile încă mâncau meticulos.

— Mie mi-e foame tale! Nu m-am săturat deloc!

Petrică s-a uitat spre Iancu și i-a aruncat bucata lui de cârnat.

— Ia și mănâncă-l și pe ăsta. Ai noroc că eu țin tot timpul la silueta mea și mi s-a micșorat stomacul în timp. Eu sunt sătul. Oricum l-aș fi lăsat aici, așa că poți să-l mănânci tu.

Iancu a înfulecat și al doilea cârnat și acum era și el sătul. Nici lui Otto nu îi mai era foame.

— Acum că putem gândi altfel cu burțile pline, să ne apucăm de treabă. Cairo, vei relua căutările după miros, exact din locul de unde a coborât alpacaua.

Ajunși înapoi în stație, Cairo s-a pus pe adulmecat, dar în scurt timp a pierdut urma.

— Gata! De aici iar nu mai simt nimic. O fi urcat înapoi în autobuz?

— În capătul ăsta de linie văd că vine un singur autobuz. Nu avea sens să coboare ca mai apoi să urce în același autobuz. De aici s-au urcat într-o mașină și au plecat cu ea.

— Și cum aflăm în ce mașină? Sunt mii de mașini!

— Nu mă mai bruia. Lasă-mă să gândesc, câine!

Petrică a dat câteva ture prin stație, s-a rotit, s-a învârtit, s-a uitat în toate părțile, apoi a revenit la animale.

— Vedeți chestia aia albă de sus de acolo? Aia e o cameră.

— Camelă? Si în camela aia e Pablito al meu?

— Aoleeeu, sâsâitule, credeam că de foame zici prostii. Cameră video, pui de câine! Aia filmează tot ce se întâmplă aici. Vedeți ghereta aia? Acolo e serverul pe care rămân stocate datele și tot acolo sunt și monitoarele unde putem vedea imaginile. În gheretă e un paznic care are pe masă un pachet de țigări. Deci la un moment dat va trebui să iasă să fumeze. Atunci o să fim pe fază, iar tu, Otto, să te strecori înăuntru și să te uiți pe monitor. Vezi în ce mașină a urcat capra și îi notezi numărul de înmatriculare pe o foaie sau îl ții minte. Dar mai bine îl notezi pe ceva, că n-am încredere în memoria ta.

— Dar eu nu știu nici să citesc, nici să scriu.

— Serios? Dar să te superi când îți zic că ești motan vagabond știi. Ia zi, să desenezi știi?

— De desenat mai știu.

— OK, atunci vei desena literele pe care le vezi pe mașină. Tu mergi acum la pândă și noi te vom aștepta exact în locul în care Cairo a pierdut urma lui Pablo. Acolo va trebui să te uiți pe cameră.

După vreo zece minute, s-a adeverit prezicerea lui Petrică și paznicul a ieșit cu țigara în mână, pregătit să o aprindă.

Otto a fugit în viteză maximă și a intrat în gheretă fără să fie observat. S-a urcat pe masă, s-a uitat pe monitor și, până să termine paznicul țigara, a și ieșit și s-a dus la celelalte animăluțe.

— Otto, mă uimești! Ce rapid ai fost! Ia zi, ai văzut cine l-a luat pe Pablo?

— Da, am văzut! Nu l-a luat niciun om.

— Dar cine l-a luat?

— Niște animale l-au luat. Le-am văzut pe ecran! Era un câine mare negru, un câine mic, alb cu gri, și o pisică portocalie.

— Niste animale l-au fulat pe plietenul meu cel mai bun? De țe l-ar fula animalele? Țe să facă cu el?

Cairo nu înțelegea nimic și părea nedumerit, iar Petrică se ținea cu mâinile de cap.

— Nu pot să cred așa ceva! Deci alpacaua a fost furată de un câine mare, un cățel mic și de un motan portocaliu.

— Exact!

— Dar ia zi, mă, printre animalele alea hoațe, nu era și un motan alb cu gri? Unul mai prostănac așa?

— Ăăă... motan alb cu gri nu am văzut.

— Nici nu aveai cum, zevzecule! Pentru că motanul prostănac ești chiar tu. Iar câinele mare e Cairo, câinele mic e sâsâitul și motanul roșcat sunt eu. La noi te-ai uitat, berbecule! Te-ai uitat la ce filma camera acum. Adică pe noi!

— Să știi că s-ar putea să ai dreptate, chiar semănau cu voi. Dar eu de ce nu eram cu voi?

— Doamne ferește, Otto! Nu mai am răbdare cu tine. Hai înapoi la treabă: se reia operațiunea! Fii atent aici la mine, intri din nou și când ajungi pe masă, vei vedea un mouse. E ceva ca un șoarece, dar nu d-ăla de mănâncă pisicile sărace ca tine. Ăsta e din plastic și cu el miști o săgeată de pe monitor. Muți săgeata aia și o duci pe alte două săgeți mici, orientate spre stânga, iar când le găsești, apeși pe mouse de vreo trei ori ca să meargă filmarea repede înapoi. Off... e prea complicat pentru tine. Lasă că mă duc eu! Problema e că o să dureze destul de mult și o să se facă noapte, iar paznicul sigur va adormi. Adică nu va mai ieși să fumeze, iar eu voi rămâne blocat în gheretă. Dar am un plan și pentru asta. Sâsâitule!

— Da, sefu'!

— Ooo... uite că ai grăit și tu ceva bun pe ziua de azi. Mi-a plăcut cum ai spus. Fii atent la mine. Dacă paznicul nu mai iese afară și eu sunt înăuntru, tu vei veni la ușa gheretei și vei începe să plângi. Paznicul se va trezi și va ieși să te vadă.

— Iancu e prea mic pentru asta. O să plâng eu în locul lui ca să iasă paznicul, spuse Cairo.

— Bravo, Cairo! Ce face un paznic când aude un schelălăit de câine, se uită pe fereastră și vede un dulău negru de cincizeci de kilograme? Iese să-l pupe, nu? Când te-o vedea, mai trage vreo trei zăvoare la ușă ca să se baricadeze. Iar eu acolo o să rămân. Aici e treaba sâsâitului. Când îl va vedea plângând, sigur va ieși la el. Dacă nu-i plac câinii, în cel mai rău caz îți va da un șut în fund, dar asta e suficient cât să ies eu din gheretă. Iar dacă îi plac cățeii, sigur te va lua în brațe când va vedea un ghemotoc așa drăgălaș.

— Ce ai zis? Ghemotoc drăgălaș? Vaaai, ce drăguț! se miră Cairo.

— Am vorbit din punctul de vedere al oamenilor. Doar nu îl percep eu pe sâsâit drept ghemotoc drăgălaș.

— Serios? Acum ești la fel de sincer cum ai fost atunci când i-ai dat porția ta de mâncare și ai spus că i-o dai pentru că tu ești sătul?

— Ce vrei să insinuezi? Chiar eram sătul! Și chiar aș fi aruncat cârnatul ăla dacă nu îl voia nimeni. Eu aveam stomacul plin.

— Hmmm... d-aia ți-au ghiorlăit mațele cât l-am așteptat pe Otto să se uite pe filmări?

— Eu cred că tu ai auzenii. Nu mi-au ghiorlă...

Nici nu termină bine de zis, că stomacul lui Petrică scoase niște zgomote care provocară râsetele animalelor.

— Deți Petlică mă iubeste pe mine! Iuhuuuu!

— Taci, pui de câine! Lăsați prostiile, că avem treabă! Unde rămăsesem?

— Că paznicul iese și îl ia pe Iancu în brațe, timp în care tu ieși din gheretă. Dar apoi cum scapă Iancu? Dacă îl ia în brațe și îl bagă înăuntru?

— E simplu! Sâsâitule, îți vine să faci pipi?

— Da, acum o să fac.

— Nu faci nimic acum, abține-te! Faci pipi pe paznic dacă te ia în brațe. Te asigur că în secunda doi te pune jos. Atunci fugi și vii la noi.

Misiunea fiind pregătită, Petrică s-a pus la pândă, așteptând ca paznicul să iasă la fumat, lucru care s-a întâmplat aproape imediat. Motanul roșcat a și intrat în gheretă și a început să butoneze la calculator, derulând imaginile din acea zi, până l-a observat pe Pablo, urcat de zgardă într-o dubă. Acolo a făcut stop-cadru, a luat o foaie și un pix și a scris numărul de înmatriculare. Apoi a dat *zoom* pe imagine și a văzut că duba era inscripționată cu numele unei firme, notându-l și pe acesta. A împăturit foaia și a sărit de pe masă, dar în acel moment paznicul a intrat și a închis ușa. S-a așezat comod pe scaun, s-a descălțat, și-a pus picioarele pe masa de lemn și basca sub cap, semne că urma să doarmă, așa cum bine anticipase motanul.

Era acum timpul ca Iancu să își facă rolul. Văzând că paznicul nu mai iese și că Petrică a rămas captiv, Cairo i-a spus puiului de câine că urmează să facă ce au stabilit. Iancu s-a dus în fața postului de pază și s-a pus pe schelălăit.

Pentru că abia ațipise, paznicul s-a trezit repede și s-a uitat pe geam. Când l-a văzut pe Iancu, s-a încălțat și a ieșit afară.

— Vaaai, ce câine drăgălaș. De unde ai apărut, puiule? îl întrebă paznicul, în timp ce îi băgă mâinile pe sub lăbuțele din față și îl ridică în brațe.

Petrică era deja lângă Otto și Cairo și acum toți trei se uitau cu suspans la scena în care paznicul trebuia să-l pună pe Iancu jos.

Uitându-se cu privirea-i inocentă în ochii omului, cățelul a început să facă pipi, dar paznicul a simțit asta abia când jetul era suficient de puternic cât să-i ajungă până la față. În acel moment, Iancu a fost azvârlit pe jos și a fugit schelălăind, pe fundalul de înjurături ale proaspătului botezat.

Animăluțele râdeau copios când cățelul a ajuns la ele.

— Bravo, pui de câine. Ai făcut și tu ceva util, în sfârșit! Haideți înapoi în grădinița împrejmuită cu gardul viu!

Ajunși la locul ce avea să le devină refugiu pentru somn, Petrică le-a explicat ce tocmai aflase, nu înainte de a-i dojeni.

— Mult v-a mai luat să vă dați seama că paznicul nu mai iese la fumat! Am simțit că am stat acolo o veșnicie, mai ales după ce s-a descălțat. Nu vreți să simțiți mirosul de picioare de paznic care lucrează în ture. Acum să vă explic: Pablo a fost urcat de un bărbat într-o dubă de culoare neagră.

— I-ai notat numărul de înmatriculare?

— Am notat ceva mult mai important! spuse Petrică, în timp ce despăturea bilețelul pe care scria cu litere mari de tipar „S.C. DOREL ȘI FIUL S.R.L.", SAT ARACUL, STRADA MUREȘENILOR, JUDEȚUL BRAȘOV.

Deci va trebui să mergem în Aracul. Din geografia pe care o știu eu, asta e cam la treizeci și cinci de kilometri de Brașov. Vom merge cu trenul, mâine la prima oră. Acum să dormim căci ne vom trezi devreme.

Cele patru animale s-au făcut colac și au adormit, în ghiorlăielile de mațe ale lui Petru, care, deși nu recunoștea, era lihnit.

Pentru Petrică era prima oară când dormea sub cerul liber, de aceea tresărea și se trezea la fiecare zgomot. Așa l-a observat pe cățel tremurând de frig, nopțile fiind destul de răcoroase în Brașov chiar și vara. Motanul s-a apropiat de Iancu și și-a lipit corpul de al lui, apoi și-a pus o lăbuță peste cățel, nu înainte de a se uita dacă Otto și Cairo au ochii deschiși. Se gândea că va sta așa până când Iancu se va opri din tremurat, apoi își va relua somnul în poziția lui obișnuită.

~ Capitolul 12 ~

— Tatăăă, a murit calu', bă! Hai, tată, să vezi! A murit calu'!

Îl auzeam pe Mitruț ca în vis. Voiam să îmi deschid ochii sau să mișc vreo parte a corpului, astfel încât să-i arăt că nu sunt mort, dar nu reușeam. Între timp și-a făcut apariția și tatăl lui Mitruț, aprobându-și fiul.

— Da, nu mai mișcă, e mort. Deja îl roiesc muștele. Mă duc să trag duba mai aproape, să-l duc să-l arunc. Să nu se împută p-aici.

Mitruț, încercând probabil să mă readucă la viață, își folosea acum nuiaua, de care legase o curelușă de piele, pe post de bici, și mă lovea puternic pe spate în timp ce striga din ce în ce mai tare:

— Diiii, caluleeee! Diiiii, caluleeeee! Tatăăă, calul e mort de tot. Nu mișcă!

Și-mi mai dădea câte un bici pe spate și pe picioare. Deși simțeam durerea, nu puteam scoate niciun sunet.

Tatăl copilului a venit și m-a ridicat, apoi m-a băgat în duba cea neagră și am plecat. Am picat într-un somn adânc și visul din deșert a revenit. Aveam nevoie de apă sau urma să mor. Arșița era acum și mai pronunțată, nisipul mai fierbinte, soarele mai puternic. Îmi simțeam până și ochii uscați. Auzul era singurul simț care îmi mai funcționa, astfel că am putut auzi aterizarea unui vultur, care, probabil, simțise că în curând îi voi fi hrană și nu voia ca cineva să i-o ia înainte.

Apoi visul s-a întrerupt brusc. Nu mai vedeam și nu mai auzeam nimic. Oare murisem? Eram încă viu? Nici eu nu mai știam.

~ Capitolul 13 ~

Dimineața, primul care s-a trezit a fost Cairo, care, văzându-l pe Iancu cum doarme în brațele lui Petrică, l-a împins ușor pe Otto pentru a-l trezi și i-a șoptit:

— Ia uită-te la Petrică, dar încet, să nu se trezească!

— Ieeeei, Petrică are și el un suflet!

— Ce vorbiți acolo? se zburli Petrică, trezit de șoaptele celor doi.

Văzând că a fost surprins îmbrățișându-l pe Iancu, motanul s-a ridicat brusc și a început să-l certe pe cățel.

— Mă, tu n-ai fost încă înțărcat? Cum ți-ai permis să mă iei în brațe? Tu crezi că eu dorm cu câini? Pfff... acum blănița mea cea curată miroase a câine. Și a capră!

Cairo și Otto erau amuzați, dar nu au mai zis nimic. Urma pentru ei o nouă zi, cu noi peripeții.

Petrică le-a dat adunarea și a conceput planul pentru noua zi.

— Trebuie să ajungem în Aracul! Pe jos ne-ar lua o săptămână, cu mașina ne e imposibil, iar cu autobuzul ne-ar vedea toți oamenii și am putea avea probleme. Ne rămâne o singură variantă.

— Să zbulăm? întrebă cățelul curios.

— Mintea mea zboară, când aud ce perle scoți pe gura aia sâsâită! Singura variantă care ne rămâne este trenul. În tren ne putem ascunde undeva, să nu fim văzuți. Așadar, va trebui să ajungem la gară.

— Și de unde știm unde e gara? întrebă Cairo.

— Vom merge pe jos pe unde am venit cu autobuzul, până dăm de prima intersecție mare. Acolo e imposibil să nu fie un indicator spre gară. Așa e în toate orașele.

Acestea fiind zise, grupul de animăluțe mergea acum pe drumul pe care venise cu autobuzul.

— Lăsați-l pe puiul de câine să meargă primul. El e cel mai slab și cel mai lent. El va da ritmul grupului. Otto, tu vei merge în paralel cu mine, iar Cairo va rămâne ultimul și ne va ține spatele.

Apropiindu-se de o intersecție mare și aglomerată, Petrică a dat comanda de rămânere pe loc.

— Exact! Cum vă spuneam! exclamă Petrică mândru, la vederea unui indicator de orientare.

— De aici înainte e Centrul, în dreapta e un cartier, iar spre stânga e gara. Haideți să traversăm strada și să facem stânga. În maxim zece minute cred că vom ajunge la gară.

Ajungând la o trecere pentru pietoni semaforizată, Petrică le-a spus să aștepte culoarea verde.

— Ar trebui să știți că numai pe verde aveți voie să traversați.

— Dar noi, câinii, nu distingem culorile, nu avem de unde să știm când e verde sau când e roșu.

— Nici nu trebuie să distingeți culorile, trebuie doar să vă meargă puțin mintea. Semaforul pentru pietoni are două lămpi. Cea roșie e deasupra celei verzi. În plus, cea roșie arată un omuleț care stă, iar cea verde un omuleț care merge. Logic, nu?

— Lozic ela să fie un cățel cale stă si unul cale melge.

Semaforul s-a făcut verde și animalele au traversat în siguranță, sub privirile uimite ale șoferilor care se uitau la coloana de câini și pisici.

— Pe mine mă dol pelnițele. Nu mai pot să melg.

Cairo s-a pus în poziția culcat și l-a îndemnat să se urce pe el. Acum, imaginea ghemotocului călare pe ciobănescul german era și mai uimitoare pentru trecători.

După vreo doi kilometri, Petrică s-a oprit din nou, ceilalți urmându-i exemplul.

— Am ajuns! Clădirea aia mare de acolo e gara. O să căutam un loc mai retras pe peron și voi o să rămâneți acolo până am să mă duc eu în gară să văd mersul trenurilor.

— Cum adică melsul tenulilor? Tenulile au melsul lol? Unele melg mai legănat, altele clăcănat? Sau unele au melsul calaghios, asa cum îmi zițea mie Pablo că melg eu?

— Nu, pui de câine! Mersul trenurilor înseamnă programul după care circulă și rutele lor. Vrei să ne urcăm în vreun tren și să ajungem prin alt oraș? Noi trebuie să mergem la Aracul.

Ajunse pe peron, animalele au găsit ca refugiu o locomotivă cu aburi, scoasă din uz, care era acum un fel de monument al gării. Au rămas acolo, iar Petrică a plecat în gară.

În timp ce se uita pe panourile cu informații despre trenurile care plecau, o doamnă cochetă, plinuță bine și cu o pălărie mare și roșie, s-a apropiat de el.

— Vai, ce motănaș drăguț! Ce faci, puiule, aici singur în gară? Vrei să te duci undeva și te uiți de la ce linie pleacă trenul? întrebă doamna râzând de propria-i glumiță.

— Bravo, graso! Ai nimerit: exact asta fac! Acum vezi că au shaorma în fața gării. Poate ți-o fi fomiță și te rețin eu! i-a replicat Petrică, întorcându-se la fel de atent spre panourile cu plecări.

— Ia vino, tu, aici. Pis, pis, pis, pis!

Doamna cu pălărie se apleca acum spre Petrică, dorind să-l ia în brațe, neștiind că motanul roșcat nu stătea să fie luat în brațe nici de proprii stăpâni. În momentul în care a pus mâna pe ea, pisica s-a întors și i-a dat două gheare peste mână, făcând femeia să țipe și să arunce cu pălaria după motan.

Petrică a fugit cu câteva salturi, a urcat scările gării și a ajuns la restul animalelor.

— Am o veste bună și una proastă. Vestea bună e că trenul spre Aracul pleacă în zece minute, fix de la linia unu, adică asta alături de care suntem noi acum. Vestea proastă e că trenul nu oprește în Aracul. Dacă avem noroc, acolo doar va încetini.

— Și ce e de făcut?

— Tot își dorea sâsâitul să zburăm. Vom sări din tren.

Scârțâitul asurzitor al saboților de frână ai vagoanelor le-a întrerupt dialogul animalelor. Trenul oprise la linia unu și oamenii începuseră să urce.

— Noi vom urca chiar lângă locomotivă. Acolo e vagonul poștal. În el călătoresc doar coletele și scrisorile, așa că acolo nu ne va observa nimeni. Haideți, după mine!

Dintr-un singur salt, Petrică era deja în vagon, urmărit îndeaproape de Otto. Cairo aștepta ca Iancu să urce, însă scările metalice ale vagonului erau mult prea înalte pentru puiul de câine, care se prinsese cu lăbuțele de scară și încerca din răsputeri să își tragă fundul dolofan care îi atârna sub vagon. Cairo îl împingea și el de la spate, iar Otto îl încuraja.

— Haide, Iancu, hai că poți!

Fluierul impiegatului s-a auzit în toată gara, frânele au fost decuplate, iar trenul s-a pus în mișcare, prinzând viteză din ce în ce mai mare.

Iancu era suspendat de scară și începuse să schelălăie, iar Cairo alerga pe peron disperat.

Petrică a prins cu gura ceafa puiului de câine, s-a proptit cu picioarele de ușă și a tras cât a putut. Cu o ultimă forțare, Cairo l-a împins cu botul pe Iancu, iar ghemotocul de blană a căzut în vagon, rostogolindu-se cu tot cu Petrică până s-au lovit de un pachet de scrisori. Când s-au dezmeticit după lovitură, Iancu era deasupra lui Petrică și, de bucurie, a început să îl lingă pe față. Otto era în continuare la ușa vagonului, care acum rula cu viteză și striga puternic după Cairo, care alerga după tren cât îl țineau picioarele.

— Hai, Cairo, hai! Imaginează-ți că alergi cu Marian. Tu ai antrenament!

Gândul la partenerul lui de alergări i-a dat câinelui puteri nemărginite. Cu un sprint teribil, Cairo a ajuns în dreptul ușii și dintr-un singur salt a urcat în vagon. Cu limba de un metru și gâfâind puternic, Cairo a început să râdă, văzându-l pe Petrică lins pe față de Iancu.

— Beaaac, oprește-te, câine sâsâit. Nu-i de ajuns că mi-a rămas un smoc de păr de cățel în gură, m-ai și umplut de bale!

Animalele erau acum liniștite în vagon, numărând stațiile prin care treceau, pentru a ști unde să coboare.

— Cairo, ai o nouă misiune!

— Ce misiune?

— Adulmecă aceste colete și vezi în care dintre ele se află ceva de mâncare.

Cairo a început să miroasă pachetele, iar în dreptul unuia s-a oprit.

— În ăsta e ceva comestibil. Nu-mi dau seama ce e, dar miroase a mâncare.

— Otto, folosește-ți ghearele ascuțite și taie banda adezivă ca să desfacem pachetul. Sau vouă nu vă e foame?

— Mie mi-e foame tale, tale!

Otto s-a pus pe treabă și în câteva secunde pachetul era desfăcut. Înăuntru se afla un borcan legat cu un celofan și o ață groasă, o bucată de slănină, un borcan cu gem, un borcan cu murături și o scurtă scrisoare scrisă de mână, pe care Petrică a luat-o și a citit-o cu voce tare.

Dragul nostru fiu,

Suntem tare mândri de tine și ne lăudăm în tot satul că avem băiat care e student la Cluj. Abia așteptăm să vină vacanța și să te întorci acasă.

Ți-a trimis mama sarmale d-alea bune, murături, o bucată de slănină afumată și gemul care îți place ție așa de mult! Ai acolo cărțile care mi le-ai cerut și un pix care l-am primit, dar ți-l dă mama ție.

P.S. Ți-a pus mama și 100 de lei, sunt împăturiți în hârtia care învelește slănina.

— Vai, ce drăguț, mai că-mi dă o lacrimă, spuse Petrică pe un ton ironic.

— Otto, acum desfă și borcanul cu sarmale, taie slănina cu ghearele și hai să ne ospătăm, că imediat trebuie să coborâm.

— Dar cum să facem asta, Petrică? Iar furăm? Săracul băiat e student la Cluj.

— Dacă e student, zic să stea să învețe, nu să piardă vremea mâncând. În plus, bănuiesc că nu e vreunul dintre voi care va mânca gem de prune. Așa că o să aibă de mâncat gem. E chiar preferatul lui, voi nu ați auzit? Iar dacă i se face greață de la gem, are murăturile. Dar vorba multă sărăcia animalelor înfometate. Așa că haideți să mâncăm!

În câteva minute, animalele au mâncat toate sarmalele și jumătate din bucata de slănină. Cu burta plină, Petrică a luat din nou scrisoarea din colet, a desfăcut pixul și a început să scrie.

— Ce faci acolo? Îi măzgălești scrisoarea femeii?

— Scrisoarea nu mai e de actualitate. O să-i fac niște mici corecturi.

Astfel, Petrică a tăiat cu o linie dreaptă cuvintele „sarmale d-alea bune“, iar înainte de „bucată de slănină“ a adăugat cuvintele „jumătate de“. La „cărțile care mi le-ai cerut“, Petrică a înghesuit un „pe“ după „cărțile“ și încă un „pe“ după „pix“, iar în loc de 100 de lei, a tăiat și a scris deasupra 50, chiar în timp ce a luat o bancnotă și a prins-o cu ața care legase borcanul, de una dintre lăbuțele lui Cairo, stabilind că de acolo nu îi va lua nimeni.

În finalul scrisorii, motanul a adăugat:

„P. P. S. Mă-ta face niște sarmale de te lingi pe bot!“

— Mie mi-e cam lău! Am păpat cam multă sănină si mai e si fumul ăsta aiți.

— Lasă că nu mori. Mai avem puțin și sărim.

— Eu zic că e prea periculos să sărim! adăugă Cairo.

— Atunci eu zic să nu sari. Poate vrei să-i duci tu coletul studentului la Cluj și să-i zici că i-ai halit sarmalele. O să căutăm să sărim pe ceva moale, e numai câmp aici, nu avem de ce să ne lovim, mai ales că acolo e o haltă și trenul va încetini.

— Și dacă atunci când vom sări ne vom lovi de un stâlp? Trebuie să calculăm bine momentul săriturii, să fie chiar pe distanța dintre stâlpi?

— Offf, ce mă obosiți! L-ai auzit adineauri pe sâsâit? A zis că îi e rău de la fum.

— Așa, și? Ce legătură are fumul cu asta?

— Ai făcut tu vreun grătar în vagon?

— Normal că nu!

— Și atunci de unde crezi că vine fumul ăla?

— Cred că de la locomotivă.

— Bravo, pătrățel. Începi să gândești. Dacă locomotiva scoate fum, înseamnă că e una diesel. Adică linia pe care merge acest tren nu e electrificată. Iar din moment ce nimeni nu plantează stâlpi doar ca să aveți voi pe ce vă rezema piciorul când faceți pipi, înseamnă că pe aici nu e niciun stâlp. Uită-te și tu pe geam și zi-mi dacă vezi vreun stâlp.

Cairo s-a uitat pe geam, apoi s-a întors rușinat spre Petrică:

— Ai dreptate...

Trenul începuse să încetinească, semn că se apropiaseră de halta din Aracul.

— E momentul! Trebuie să sărim! Câmpul ăsta cu multe paie e locul perfect pentru aterizare.

— Dal mie mi-e flică să sal! Cum o să sal eu?

— Uite, fix așa! exclamă Petrică în timp ce îi dădu un brânci puternic puiului de câine.

— Zboooool! strigă Iancu din răsputeri, căzând apoi pe un balot mare de paie.

— Mai vleaaaau!

Otto și Petrică au sărit imediat după Iancu, iar Cairo i-a urmat.

Câmpul pe care erau acum se afla foarte aproape de gară, așa că lui Petrică i-a luat mai puțin de cinci minute să meargă, să se uite pe harta satului, să își ia notițe și să se întoarcă.

— Strada Mureșenilor e destul de aproape. Vom merge pe jos!

— Si acolo îl găsim pe Pablo? Plietenul meu țel mai buuun! Haideți mai lepede!

Coloana de animale se îndrepta spre centrul de colectare al fierului vechi și se oprea din când în când, pentru ca Petru să mai arunce un ochi pe hartă. La un moment dat, motanul roșcat a exclamat bucuros:

— Gata, nu mai avem nevoie să ne chinuim cu harta. Ne vom lua după omul care împinge căruțul ăla.

— Și de unde știi că omul ăla merge fix unde vrem noi să ajungem?

— Nu vezi ce are în căruț?

— Ba da, aia e o mașină de spălat ruginită!

— Și crezi că o duce la noi acasă, să-i spele Georgiana scutecele sâsâitului cu ea? E clar că o duce la fier vechi.

— Hmmm, eu nu aș fi convins. La cum e îmbrăcat, omul pare sărac. Poate a primit o mașină de spălat mai veche de la cineva și o duce acasă să aibă și el. Crezi că toți o duc așa bine ca tine și mănâncă numai hrană scumpă? Unii oameni abia au după ce bea apă, iar un lucru vechi și de aruncat pentru unii le poate fi folositor lor. Așa că eu zic să ne luăm în continuare după hartă. Chiar dacă e mai greu și ne ia mai mult timp, e mai sigur, conchise Cairo.

Petrică își luă figura de arogant și cu un oftat își începu discursul.

— Mă, Cairo. Între toate prostiile pe care le-ai înșirat tu acolo, ai zis și ceva deștept: „Unii oameni abia au după ce bea apă". Bravo, deștept ciobănesc german, doar că unora nu prea le place apa. Nu ai fost atent la detalii. Ai observat că omul ăla e îmbrăcat sărăcăcios, dar dacă te uitai mai atent, în buzunarul din dreapta al pantalonilor zdrențuroși, ai fi văzut bidonașul de băutură. Care, din ce văd eu de aici, e cam gol. Așa că, ai încredere în flerul meu. Omul ăsta ne va duce fix la centrul de colectare a fierului vechi, unde va vinde mașina de spălat. Iar apoi, dacă ai vrea să afli și unde e crâșma din sat, ai putea să te iei din nou după el, pentru că te asigur eu că nu se va duce la bibliotecă.

Animalele au mers pe mâna lui Petrică și au început să-l urmeze de la distanță pe omul cu căruț.

După vreo zece minute de mers, Petrică s-a oprit din nou și, foarte mândru de el, și-a întrebat partenerii de drum:

— Ia să vedem: care dintre voi îmi spune ce scrie pe poarta aia?

Animăluțele s-au uitat unele la celelalte nedumerite.

— Sclie că acolo e alpacaua mea? întrebă curios Iancu.

— Nu, scrie așa: „mai mergeți pe la școală și învățați să citiți!"

— Haide, Petrică, lasă ironiile. Spune-ne, te rog, ce scrie acolo! îl rugă Otto.

— Scrie exact numele firmei pe care o căutăm. Adică fix unde intră acum sărmanul om care avea mare nevoie de o mașină de spălat, spuse Petrică râzând, în timp ce se uita spre Cairo.

— Va trebui să așteptăm să se însereze, căci nu putem fi văzuți acolo. La noapte vom intra în liniște și vom salva capra. Otto, până atunci, tu te vei duce chiar acum, pe lumină, într-o misiune de recunoaștere. Vei băga la cap tot planul curții, porți, căi de acces, clădiri, magazii, orice loc în care poate fi închis Pablo, tot ce e în curtea aia. În cazul în care vezi și capra, strecoară-te până la ea și spune-i că la noapte o scoatem de aici.

Otto și-a luat misiunea în serios și s-a dus spre curte. S-a cățărat pe gardul de tablă și de acolo a sărit într-un nuc din curte. De acolo vedea toată curtea. Sub nucul bătrân se afla cântarul pentru fier vechi, iar lângă acesta era Mitruț, care încă se juca cu biciul confecționat pentru Pablo. Ba chiar lovea cu el în aer și striga: „Diiii, caluleee! Diiii, caluleeee!“

Omul pe care îl urmăriseră venea acum cu mașina de spălat spre cântar, însoțit de tatăl lui Mitruț.

— Am găsit-o la gunoi și am zis să mai fac și eu un ban. Mai iau ceva mâncare la copii.

— Taaaci, ’nea Mișule, că tu d-aici pleci direct la crâșmă. Tu mie-mi zici d-astea? Hai, pune-o sus!

— Vorbea tanti Aurica pe la biserică... zicea că ți-ai luat o cămilă, că te-a văzut când ai adus-o acasă. Nepotăsău, de se tot laudă cu el că tare-i merge mintea, zicea că-i ceva apaca... nu mai știu cum a zis, dar cică e scumpă tare, iar lâna ei e mai scumpă la kil decât cuprul.

— Era cal! Cal cu blană! Diii, calulee! Dii, caluleee! se băgă în discuție Mitruț.

— Nu știu ce era, 'nea Mișule, cal cu blană, cămilă, ce-o fi fost, n-a rezistat, 'nea Mișule! Cred că era din altă țară și nu i-a priit aicișa la noi. A doua zi l-am găsit cu cracii în sus. Nu mai mișca. L-am dus la groapă și l-am lăsat acolo. L-or mânca lupii și vulpile. Fi-i-ar blana de râs. Că numai cai morți nu mai jupuiam eu acum.

Auzind că Pablo murise, Otto abia se mai ținea cu ghearele de creanga nucului. Nenea Mișu și-a luat căruțul și banii și a plecat, mulțumit de suma primită. Mitruț mâna în continuare cu biciul cai invizibili, iar Otto s-a dus supărat să dea vestea animalelor. Ajuns în fața lor și văzându-l pe puiul de câine cât era de bucuros că își va vedea prietenul, Otto nu își găsea cuvintele.

— Zi, motan vagabond! Ți-ai înghițit limba? Ce ai văzut acolo?

— Paaa... Paaa-blo... Pablo a murit!

Animăluțele au rămas înmărmurite. Cairo l-a tras pe Iancu lângă el și l-a strâns în brațe. Puiul de câine schelălăia de se auzea tot satul.

Chipul arogant al motanului roșcat era acum brăzdat de o lacrimă care i se prelingea pe mustăți.

— Pui de câine, va trebui să te oprești din plâns, ne va auzi tot satul. îi șopti Petrică lui Iancu, în timp ce îi puse o lăbuță pe spate.

— Haideți în grădina asta, să ne liniștim puțin. Avem drum lung înapoi până acasă!

Animăluțele au intrat într-o grădină umbroasă și s-au așezat în liniște. Nimeni nu mai scotea un sunet. După un timp, Petrică l-a întrebat pe Otto.

— Ești sigur că e mort?

— E mort... mort.

— L-ai văzut mort?

— Aaa... nu. Eu nu l-am văzut.

— Hopa... deci tu nu l-ai văzut mort cu ochii tăi.

— Nu. Dar am auzit discuția.

— Aș vrea să o aud și eu.

— Păi, omul cu mașina de spălat i-a spus celui cu firma că a auzit că are un animal nou: o cămilă sau o alpaca și că blana e foarte scumpă. Nu știa exact. Era și un băiat de vreo zece ani acolo. Tot lovea în aer cu un bici, striga că a murit calul și „dii, caluleee!"

— Continuă!

— Apoi, omul i-a zis că nici el nu știe ce animal e, dar că n-a fost rezistent, pentru că a doua zi după ce l-a adus, l-a găsit mort. Așa că l-a dus la groapă.

— Deci l-a îngropat?

— A zis că să-l mănânce lupii și vulpile.

— Hmmm... Deci nu l-a îngropat. Am înțeles. Treaba stă cam așa: avem un animal mort, dar pe care nu l-am văzut mort niciunul dintre noi. Avem un copil care, la vârsta lui, în loc să pună mâna pe carte, lovește aerul cu un bici și strigă „dii, calule" și „a murit calul", făcând referire la un exemplar de alpaca. Din moment ce e plecat cu biciul pe câmpii și nu poate face diferența dintre o alpaca și un cal, m-aș mira să poată face diferența între un animal mort și un animal leșinat.

— Dar mai e și tatăl copilului care a zis că l-a găsit pe Pablo mort, adăugă Otto.

— Din moment ce el l-a făcut și l-a crescut p-ăla micu', nu o fi nici el vreun Einstein. Așa că mai avem o speranță că Pablo e viu. Viu sau mort, va trebui să vedem cu ochii noștri, eu n-am încredere în nimic până nu văd cu ochii mei. Așa că, mergem la groapă.

— Și de unde știm unde e groapa? întrebă Cairo.

— Noi nu știm, dar știe bețivanul cu mașina de spălat.

— Dar nenea ăla e ghid turistic? Ne duce mereu în locurile pe care le căutăm? Nu ziceai tu că de aici merge la crâșmă?

— Așa avea de gând, dar planurile ți se mai schimbă din când în când. Ce, eu aveam de gând ca acum să fiu în Aracul? Sau să fiu acasă pe perna mea pufoasă?

— Și ce l-ar fi făcut să își schimbe el planurile?

— Otto, mai spune o dată ce a zis bețivanul despre lâna lui Pablo?

— A zis că e mai scumpă decât cuprul.

— Aha. Deci lâna lui Pablo egal bani pentru băutură. Mai ales că el nu știe că a fost tuns de curând și că din lâna pe care o are capra acum nu-și ia nici măcar o cinzeacă. Haideți, să mergem, până nu-l pierdem pe căutătorul de comori.

Cerul s-a acoperit brusc de nori negri și un strop mare de ploaie i-a căzut lui Iancu pe botic.

— Înțepe poaia!

Nici bine nu termină Iancu de zis, că o ploaie năprasnică de vară se năpusti asupra satului.

Nepărând că-l interesează ploaia, omul trăgea în continuare de căruț, iar animalele îl urmau de la distanță.

După vreo trei kilometri de mers prin ploaie, omul a luat-o la stânga, pe un drum pietruit și îngust. De acolo a mai mers vreo cinci minute și a ajuns pe un câmp plin de lucruri aruncate și tot felul de gunoaie. Era locul pe care sătenii îl numeau „Groapa", deși zona era plată, fără nicio groapă. Roțile căruțelor care circulau pe acolo formaseră niște mici șanțuri, care erau acum pline cu apă și care indicau un fel de drum, același pe care mergeau acum animalele.

La un moment dat, din fața lor se observa venind cu viteză o căruță cu coviltir.

— Să ne ascundem după tufișul ăsta până trece căruța. Nu trebuie să ne vadă nimeni, zise Petrică, iar animăluțele se adăpostiră după un rug de cătină.

Căruța a trecut pe lângă ei cu calul la galop și cu osiile trosnind din toate încheieturile, aruncând stropi mari de apă în lateral.

— Alpacaua meaaa! Alpacauaaa meaaa! Pablooo! Pablooo! a strigat Iancu din răsputeri în timp ce a ieșit din tufiș și a început să fugă după căruță.

— Pui de câine, ce ai? Vino înapoi! Ce te-a apucat? întrebă Petrică nervos.

— Ela Pablo acolo, i-am văzut codița îmblănită. Ela sub pătula aia! El ela! Haideți lepede!

— Sâsâitule, ești sigur că ai văzut bine? Sau iar vorbești ce visezi?

—El ela, el ela! Lepede, lepede, haideți, fațeți ceva!

Petrică își luă imediat rolul de lider și spuse:

— Cairo, ești singurul care ai antrenamentul necesar la alergat. Aleargă după căruță până ajunge la destinație. Memorează bine drumul și întoarce-te să ne preiei și pe noi. Să nu cumva să acționezi singur, ai nevoie de ajutorul nostru! Haide, repede, fugi! Noi te vom aștepta aici.

Fără să adauge ceva, Cairo a pornit în viteză maximă spre căruță, iar după câteva sute de metri chiar a trebuit să scadă ritmul pentru a nu se apropia prea mult de ea. Cairo avea o rezistență foarte bună, iar alergările de dimineață cu Marian își spuneau cuvântul acum. Alerga atât de repede, încât avea timp ca, din loc în loc, să lase semne pentru a ști să se întoarcă la Iancu, Otto și Petrică.

În fața unei porți înalte din tablă neagră, căruța a oprit, iar căruțașul s-a dat jos și a deschis poarta. Apoi a revenit la căruță, pe care a băgat-o în curte și a închis poarta. Cairo s-a apropiat și s-a aplecat pentru a privi pe sub poartă. Căruțașul s-a dus în spatele căruței, a dat jos o pătură și apoi l-a tras pe brațe pe Pablo. Acesta avea picioarele legate cu o funie și era inert. Cu alpacaua în brațe, omul a ocolit căruța și s-a dus în spatele curții, acolo unde Cairo nu mai putea vedea nimic.

Ciobănescul german s-a ridicat și a ascultat sfatul lui Petrică, întorcându-se la groapă.

— Repede ai mai venit! Ia zi, cum e treaba?

— L-am văzut! L-am văzut pe Pablo! striga Cairo, încercând să își controleze gâfâitul.

— Era viu sau mort?

— Nu am putut să îmi dau seama. Era în căruță, acoperit cu o pătură și legat la picioare cu o sfoară. Săracul, nu mișca deloc. Dacă era mort?

— Cairo, dar dacă eu te leg de picioare cu o funie, mai miști? întrebă Petrică pe același ton de superioritate.

— În plus, de ce ai lega de picioare un animal mort?

— Când melgem să savăm alpacaua? Haideți să melgem!

— Ai răbdare, sâsâitule. Cairo, e departe locul?

— Sunt câțiva kilometri, poate vreo opt, maximum zece. Alergam mai mult cu Marian uneori.

— Perfect! Vom face cam o oră, cel mult două. Alte detalii le vom culege direct de la fața locului. Să pornim!

Coloana de animale era din nou în mișcare și se îndrepta în pas vioi spre locul în care era Pablo.

~ Capitolul 14 ~

M-am simțit mușcat de ureche și am deschis ochii. Era prietenul meu cel mai bun, Iancu, puiul de câine. Voia să ne jucăm și mă trăgea de urechi. Lângă noi venise Cairo care intrase și el în joc. Ne alergam toți trei prin deșert, în timp ce Otto stătea la umbra unui cactus uscat și ne privea zâmbind. De la fereastra unei căsuțe răsărite în mijlocul deșertului, motanul portocaliu, Petrică, se uita și el la noi. Ba chiar a deschis geamul și ne-a întrebat dacă poate veni și el să se joace cu noi. I-am spus că abia așteptam momentul ăsta și el a venit la joacă. Ne jucam cu toții, alergam, ne mușcam și ne tăvăleam. La un moment dat a apărut și Marian care m-a certat puțin că plecasem singur la poștă, dar apoi a început să mă mângâie și să mă pupe. De undeva, din depărtare, am văzut-o pe Georgiana venind cu o găleată mare de apă rece. S-a apropiat și a vărsat toată apa din găleată pe mine, iar în acel moment toate animalele au dispărut. Nici Marian nu mai era. Eram doar eu cu Georgiana, care mă mângâia pe cap și mă ruga să mă trezesc.

— Pablitooo, haideee, trezește-te, fii puternic!

Mi-am pus toată forța și mi-am deschis ochii. Dispăruse și Georgiana. Botul îl aveam într-o urmă de copită de cal, umplută acum cu apă de la ploaia torențială care începuse. Toată blana îmi era udă până la piele. Am sorbit cu nesaț din apa cu noroi și simțurile au început să îmi revină încet-încet. Ploua din ce în ce mai tare și tunetele erau tot mai dese. Era o furtună în toată regula, o furtună care mă readusese la viață. Am reușit să mă ridic în picioare și am ajuns agale până la o baltă plină cu apa ploii reci de vară. Am băut până am secat balta și corpul mi s-a revigorat. Din ce îmi dădeam seama, eram pe un fel de câmp unde erau aruncate tot soiul de gunoaie. Mi-am adus aminte de Mitruț care mă credea mort și de tatăl lui care mă dusese cu duba să mă arunce. Probabil că aici mă aruncase, lăsându-mă să fiu mâncat de vulturi și de animale sălbatice.

Partea bună e că, deși nu știam unde mă aflam, eram liber. Am găsit și un smoc de iarbă verde pe care l-am mâncat cu poftă. Am mai golit apoi două bălți de apă și m-am așezat pe burtă, lăsându-mă udat de ploaia de vară. Era exact ceea ce aveam nevoie. Ploaia s-a oprit la fel de brusc cum a început și am căzut iarăși frânt într-un somn adânc. Îmi era ba cald, ba frig și aveam tot felul de vise ciudate. Îmi era un dor cumplit de Iancu, de Georgiana, de Marian, de Otto, de Cairo și chiar și de insuportabilul de Petrică. Mă gândeam la animăluțe cum mă așteaptă îngrijorate acasă, în timp ce Petrică râde de ele. Mă întrebam ce va face Georgiana când va ajunge acasă și nu mă va mai vedea acolo.

— Ce naiba de animal e ăla? Ia, oprește, bă, căruța!

Nici n-am apucat bine să ridic capul, că am și simțit cum o mână mă prinde de zgardă. Doi oameni erau acum deasupra mea, unul îmi ținea picioarele și celălalt le lega cu o sfoară groasă. Nu am avut putere să mă zbat deloc.

M-au urcat într-o căruță cu coviltir, m-au acoperit cu o pătură și am plecat de acolo în viteză. Căruța scotea niște zgomote de ziceai că se va rupe, iar trosnitul roților m-a făcut să închid ochii de spaimă.

La un moment mi s-a părut că i-am auzit vocea lui Iancu. Scumpul meu puiuț de câine striga după mine: „alpacaua meaaa, alpacauaaa meaaa, Pablooo, Pabloo". Îmi era acum clar că de la febră aveam și frisoane, și halucinații.

Căruța s-a oprit și am fost dat jos din ea într-o curte. Unul dintre oameni mi-a dezlegat picioarele și, trăgându-mă de zgardă, m-a dus într-o afumătoare din tablă, unde m-au închis. Era o afumătoare foarte mică, în care nici nu aveam loc să mă întorc. De fapt era un vechi fișet metalic căruia i se dăduseră trei găuri în partea de sus a ușii pentru a ieși fumul. Pe interior tabla era neagră de funingine, iar mirosul de fum îmi devenise aproape insuportabil. Lumina intra doar prin cele trei găuri de sus, acolo unde eu nu ajungeam. După ce omul a închis ușa, am auzit un zgomot de lacăt închis și mi-am dat seama că nu am nicio șansă să ies de acolo.

~ Capitolul 15 ~

— Mai e mult, Cailo? Mă dol pelnițele tale!

— Nu mai e mult, imediat ajungem. Vrei să te duc eu iar în spate?

— Nu, lasă, dacă nu mai e mult, mai melg eu asa cum pot.

— Uite acolo, la poarta aia! le arătă câinele, ridicându-și lăbuța.

— Noi vom intra în grădina asta de aici, spuse Petrică, arătând o curte părăsită cu un gard dărăpănat.

— Otto, îți revine din nou operațiunea de recunoaștere. Te duci și bagi la cap toate detaliile curții și vii să ne zici!

Motanul alb cu gri plecă fără să comenteze nimic. Când a ajuns în dreptul porții, s-a cățărat pe gard și a inspectat curtea. Era o curte micuță, cu câțiva pomi fructiferi și foarte multe flori, semn că acolo stăteau oameni gospodari.

Căruța era parcată sub un fel de copertină, iar calul păștea liber la umbra unei vițe-de-vie. Ușa casei era larg deschisă, dar nu se putea vedea nimic înăuntru din cauza unor benzi de casete audio care erau prinse de tocul ușii și atârnau până la prag, montate probabil pentru a nu permite insectelor să pătrundă în casă.

În spatele curții era grajdul calului, cu o ușă foarte mare larg deschisă, care i-a permis lui Otto să vadă că acolo nu era nimeni. Lipit de grajd, era un WC făcut din plăci de așchii de lemn presate. Din cauza umezelii, plăcile se umflaseră, iar ușa nu se mai închidea de tot, lăsând să se vadă o oglindă ce avea inscripția „CFR“ într-un colț și o bucată dintr-un poster cu o vedetă a muzicii românești din anii ’90.

La câțiva metri în dreapta era un fișet metalic, cu trei găuri mari deasupra ușii ferecate cu un lacăt mare cu cifru. Memorând toate aceste detalii, motanul s-a întors la restul animalelor și i-a raportat lui Petrică tot ce văzuse.

— Mmm... da. Așadar, au băgat capra în afumătoare.

— Afumătoare? Dar Otto nu a zis nimic de nicio afumătoare! exclamă Cairo.

— Serios? Fișet metalic cu trei găuri deasupra ușii, încuiat cu lacăt și ținut afară în curte? Nu cumva bănuiești că ar fi vreun șifonier? Normal că-i afumătoare! Și sunt convins că Pablo e acolo. Așteptăm să se însereze, să adoarmă oamenii și vom acționa.

— Otto, vreun câine era acolo?

— Ți-am zis tot ce am văzut! Câine n-am văzut.

— Perfect!

— La noapte intrăm și scoatem capra de acolo.

— Petrică, cred că ai omis ceva important! interveni Cairo.

— Eu știu că tu te pricepi de minune să deschizi uși și porți, să sari pe clanțe sau să tragi de zăvoare, dar, dacă ai fost atent, Otto a pomenit de un lacăt mare. Și încuiat chiar!

— Da, dar Otto a pomenit și ceva de un cifru.

— Avea cifru, da! aprobă Otto.

— Foarte bine, o să-l spargem!

— Cum am putea să spargem ditamai lacătul? Și mai ales noaptea cu oamenii dormind? S-ar trezi la primul zgomot.

— Spargem cifrul, nu lacătul! Doamne, ce mă obosiți!

— Da, acum ești și vreun *hacker*? Cum o să găsești tu cifrul? Chiar sunt curios! Dacă și la asta ai un răspuns, îți promit că te voi duce în spate tot drumul spre casă!

— Câte cifre ai văzut pe lacăt, Otto? Trei sau patru?

— Cred că erau patru.

— Pfffoaaai, tu îți dai seama câte mii de combinații sunt acolo, Petrică? Ne-ar lua câteva săptămâni să încercăm toate variantele.

— Cairo, *hacker* trebuie să fii ca să spargi servere de bănci, nu cifre de lacăte ale unor oameni de la țară cu postere în WC-ul din curte. Îți zic că avem de încercat maximum zece variante.

— Cum adică? De unde alea zece variante?

— Fii atent, eu dacă aș fi un gospodar care umblă cu căruța prin sat și culege capre leșinate de pe câmp, nu mi-aș umple mintea cu coduri și cifre. Deci prima variantă e 0000. A doua e 1234. Iar numărul celorlalte variante depinde de cât de bun ești tu în a aproxima vârsta căruțașului. Că tu l-ai văzut doar.

— L-am văzut. Eu zic că avea vreo 50 de ani.

— Bun. Dacă ar avea cincizeci de ani, varianta ar fi 1969. Asta ar fi a treia variantă. O să pornim de la 1964 până la 1970.

— Mie mi-e foame tale, tale!

— Că bine zice sâsâitul. Până se întunecă, trebuie să găsim ceva de mâncare.

— Și de unde luăm? întrebă Cairo

— Doamne, ce întrebări pui! Şterpelim ceva, că doar nu comandăm de pe net!

— Iar furăm, Petrică? E tare urât ce facem!

— Dar să mori aici de foame nu e urât? Că oamenii ni l-au furat pe Pablo nu-i urât? Uită-te la puiul de câine! Are stomacul lipit de spate. Va trebui să găsim ceva de mâncare urgent.

— Dar e rândul tău acum, Petrică. Eu am fost data trecută.

— Daaa, daaa, ce mare efort ai făcut tu că ai furat nişte cârnaţi. Dar, fie! O să mă duc eu de data asta. Voi rămâneţi aici şi mă aşteptaţi. Să nu faceţi vreo prostie!

Petrică s-a îndepărtat cu mersul lui de felină încrezută, iar animalele s-au tolănit la umbra unui copac.

— Otto, tu l-ai observat zilele astea pe Petrică? Ai văzut că el doar se preface că e rău? Are un suflet bun: I-a dat porţia lui de cârnaţi lui Iancu, l-a învelit cu blana lui când i-a fost frig şi chiar i-a curs o lacrimă atunci când a auzit că Pablo a murit. Mă bucur că i-am cunoscut latura asta lui Petrică.

— Da, am observat! Oricum, Petrică a avut viaţă grea când a fost mic. Am auzit-o pe Georgiana povestind că el a fost părăsit la gunoi când era pui. Un poliţist l-a luat de la tomberon şi l-a adus la poliţie, de unde tatăl Georgianei l-a dus acasă. Era bătut, plin de răni şi jigărit. Poate de aceea e el mai rece aşa, la suprafaţă, şi face pe durul. Dar el chiar are un suflet bun.

— Petlică a stat în tombelon? Sălacu Petlică, n-am stiut!

Animăluţele au aţipit şi au fost trezite de un miros puternic de mici la grătar.

— Trezirea! A venit masa!

Când animalele au deschis ochii, Petrică tocmai golea în fața lor o plasă plină cu mici.

— Uaaau... mici făcuți la grătar! De unde i-ai luat, Petrică?

— M-am dus și am cumpărat o pungă cu carne, o bucățică de slănină, o bere și o mașină de tocat. Am fost la pădure, am tăiat niște lemne și am făcut un foc mare. Până s-a făcut jarul, am tocat carnea și, cu lăbuțele mele jucăușe, printr-o mișcare de du-te-vino, am conceput micii. Am rupt o bucată dintr-un gard cu zăbrele și am confecționat un grătar pe care l-am pus peste jar, am uns grătarul cu o bucățică de slănină și am pus micii, pe care i-am stropit din când în când cu bere ca să nu se ardă.

— Uaau! Vorbești serios că ai făcut toate astea? întrebă Cairo, de-a dreptul uimit.

— Normal că nu vorbesc serios! Dar dacă ziceam că i-am furat de la unu' care făcea grătar, câteva case mai încolo și care probabil se întreabă acum unde i s-au evaporat micii, iar îmi ziceai că e urât ce am făcut.

— Mie mi-e foame tale, tale si micii ăstia ald.

— Bravo, sâsâitule, nu-ți plac că-s prea calzi! Mai ai puțin și mă cerți că n-am adus și muștar.

După ce au mâncat toți micii și au golit o baltă cu apă de ploaie, cu burțile pline animalele s-au pus să doarmă, așteptând să se înnopteze.

Iancu l-a visat pe Pablo. Îl alerga prin curte și îl mușca de coada stufoasă, în timp ce Pablo îl trăgea ușor de ureche. Apoi făceau nani împreună, se trezeau și iar se jucau. Când realiza că e doar un vis, puiul de câine scotea icnete scurte de durere care-i ridicau urechile lui Cairo.

Otto visa că era în casă și dormea pe pieptul lui Marian, torcând la fiecare mângâiere.

Petrică dormea și el adânc și visa că era tot în casă, de unde se uita pe geam la joaca lui Pablo cu Iancu.

Cairo era la alergat prin pădure cu Marian și se oprea din când în când ca să clipocească apa din bălți.

Strigătul unei bufnițe a trezit animalele brusc.

— Țe fumos am visat!

— Să lăsăm visele și să descindem la locație! spuse Petrică în timp ce se freca la ochi.

— Otto, tu sari primul pe gard și, dacă totul e în regulă, ne faci semn. Apoi o să sar și eu gardul și o să cobor în curte ca să deschid poarta câinilor. Otto va rămâne pe gard și ne va da de veste dacă cineva iese din casă. Cairo, tu vei sta în gardă și, la nevoie, muști pe oricine se apropie de noi.

— Si eu? Țe fac?

— Tu trebuie doar să faci liniște!

Animalele au ajuns la poarta casei, iar Otto a sărit pe gard, respectând întocmai dispoziția lui Petrică.

De acolo le-a făcut semn tuturor că zona e sigură și Petrică s-a cocoțat și el pe gard, apoi a sărit în curte. Mai departe, dintr-un salt, a sărit pe clanța porții care s-a deschis, scoțând un zgomot metalic destul de puternic. Petrică a fugit rapid și s-a ascuns sub căruță. Animăluțele au rămas pe loc până s-au asigurat că nimeni nu auzise nimic.

Roșcovanul s-a dus la poartă și a scos capul pe stradă, făcându-le semn să intre celor doi câini care așteptau acolo.

În afară de Otto, care ținea de șase de pe gard, animalele mergeau acum spre afumătoare.

Cairo a adulmecat repede fișetul metalic și i-a șoptit motanului că mirosul lui Pablo este foarte puternic și că în mod sigur e acolo.

Pentru a nu se speria și a nu face zgomot, Petrică a hotărât să-l anunțe pe Pablo despre prezența lor.

— Pablo! Pablo! șoptea Cairo la ușa afumătorii.

— Pabloo! Pabloo, sunt eu, Cairo! Nu te teme, te scoatem acum de aici!

Din afumătoare însă nu venea niciun răspuns. Petrică l-a luat deoparte pe Cairo și i-a șoptit la ureche:

— Dacă a stat închis aici toată ziua, mai ales că starea lui nu era bună, e posibil ca Pablo să fie mort. Ia-l pe Iancu de aici, că dacă-l vede mort o să înceapă să plângă de va trezi tot satul.

— Iancu, hai să stăm noi la poartă să păzim curtea! Noi suntem câini puternici și suntem forța grupului!

— Dal eu veau să-l văd pe Pabo!

— O să-l vezi după ce-l eliberează Petrică! Haide, hai după mine.

Cairo și Iancu au mers la poartă, sub privirile uimite ale lui Otto care îi urmărea de pe gard, fără să înțeleagă ce se întâmplă.

Petrică a prins lacătul și a format prima combinație, cea cu patru de zero. Lacătul nu s-a deschis, așa că a început să o formeze pe cea cu 1234. Când a ajuns la ultima cifră, la 4, s-a auzit un clic, lacătul s-a deschis și Petrică l-a scos cu grijă, fără să facă zgomot. Apoi și-a băgat o lăbuță sub ușă și a început să tragă. Ușa era înțepenită, iar când s-a deschis a făcut un zgomot puternic care a provocat lătratul câtorva câini din vecini. Petrică a fost azvârlit, dar s-a ridicat rapid și s-a ascuns sub căruță. Deși ușa afumătorii era acum deschisă, era mult prea întuneric chiar și pentru ca o pisică să poată vedea ceva. În casă s-a aprins o lumină, iar Otto le-a făcut semn câinilor de la poartă să se ascundă.

Trezit de zgomotul puternic, stăpânul casei a aprins un bec de deasupra ușii de la intrare și a ieșit în prag, unde încerca să se încalțe pentru a cerceta curtea. În acel moment, Otto a scos un mieunat puternic, un semnal de împerechere folosit de motani atunci când caută pisici în călduri.

— Arză-v-ar focu' de mâțe dacă nu v-oi otrăvi eu pe toate! Nu mai poate omu' nici să doarmă din cauza voastră! spuse omul nervos, în timp ce a renunțat să se mai încalțe și a intrat înapoi în casă, lăsând becul de afară aprins.

Acum afumătoarea era luminată bine și Petrică îi putea vedea peretele din spate. Motanul s-a apropiat și a cercetat-o pe toate părțile. Era goală. Câteva fire din blana lui Pablo rămăseseră lipite de tocul ușii.

Petrică s-a urcat pe gard lângă Otto și i-a zis că Pablo nu era acolo. Împreună au mers la câini și de acolo înapoi în grădina unde dormiseră mai devreme.

— Cum nu era acolo? Dar unde e? întrebă Cairo mirat, printre plânsetele cățelului care schelălăia cu sughițuri.

— Afumătoarea era goală! Va trebui să mă întorc acolo și să intru în casă să văd ce pot afla. Cert e că Pablo a fost în afumătoarea aia. Era și părul lui acolo. L-am văzut cu ochii mei. Voi rămâneți aici. Am să mă întorc repede.

Petrică plecă spre curtea cu afumătoarea, hotărât să investigheze interiorul casei.

— Să ai glijă, Petică! Să vii înapoi lepede! plângea puiul de câine.

Ajuns din nou în curte, Petrică a stat câteva minute la pândă sub căruță, pentru a se asigura că oamenii dorm, obsevând că becul de afară era încă aprins.

Văzând că e liniște, motanul și-a luat inima în dinți și a intrat în casă, trecând printre benzile de casete audio. S-a ascuns sub o masă și a așteptat preț de cinci minute ca privirea să i se obișnuiască la întuneric. Apoi a început să umble prin bucătărie, cu mare atenție pentru a nu dărâma ceva. Bucătăria era una modestă, cu un televizor mic, suspendat în colțul din dreapta. Frigiderul era unul vechi și scotea un zgomot ca de utilaj greu în funcțiune, dar asta îi convenea de minune lui Petrică, pentru că putea acoperi astfel eventualele sunete provocate de el. Un colțar din imitație de piele jerpelită era așezat în colțul din stânga, iar lângă el era o masă din lemn, cu un picior care abia se mai ținea într-un șurub. Pe masă era o scrumieră cu câteva chiștoace, un pachet de țigări și o brichetă. Lângă pachetul de țigări era un portofel din piele care, din cauza unui teanc mare de bani care era înăuntru, nu mai putuse fi îndoit și stătea acum închis.

Pe un scaun de lângă colțar, stătea un telefon lăsat la încărcat. Petrică l-a luat și a început să-l butoneze, observând că tastatura e blocată cu cod.

— Omul ăsta chiar nu are imaginație deloc, își spuse Petrică în gând, imediat după ce tastase 1234 și telefonul se deblocase.

Apăsând pe tasta verde, motanul a văzut că în ziua aia, proprietarul telefonului apelase două contacte. Unul „Boreasa“ și celălalt „Fănică“. Mesajele erau vechi și cele mai multe primite de la „Boreasa“ care îl întreba când vine acasă ori îl îndemna să mai lase băutura. Cu aceste informații, Petrică a ieșit din casă și s-a întors în grădina cu animale. După ce le-a povestit tot ce văzuse, pisoiul a conchis că Pablo e la cineva pe nume Fănică.

— Dar dacă e la „Boreasa“? întrebă Otto.

— Boreasa e nevastă-sa, mă!

— Bine, bine, dar cum găsim noi un Fănică în satul ăsta? Probabil sunt zeci de oameni cu numele ăsta, spuse Cairo dezamăgit.

— Offf, iar trebuie să vă scot eu din impas. Oamenii ăștia, deși sunt săraci, aveau ditamai teancul de bani în portofel. Mie îmi e clar că l-au vândut pe Pablo pe banii ăia. Și tot clar e că cel care l-a cumpărat e un om înstărit din sat. Unul pe care îl cheamă Fănică.

— Și crezi că nu sunt mulți oameni înstăriți pe aici?

— Tu te-ai uitat la casele oamenilor? Doar câteva sunt mai răsărite. Și oricum, ca să îți cumperi o alpaca pe care să dai teancul ăla de bani, trebuie să fii un om cu mare dare de mână. Cercul meu de suspecți e foarte răstrâns. De fapt l-aș denumi triunghi de suspecți. Pentru că doar trei persoane ar putea fi. Ca în orice sat, puterea e la popă, la primar și la polițai. Dar pe polițist l-aș exclude din prima.

— De ce? Un polițist nu și-ar lua o alpaca? Și Marian e polițist. Și a cumpărat una.

— Georgiana s-a rugat o grămadă de el ca să cumpere alpacaua. Dar nu la asta mă refer, e posibil ca un polițist să cumpere o alpaca, dar mi-e greu să cred că cineva care găsește un animal aproape mort pe un câmp și îl duce acasă, se gândește apoi să sune la poliție. Și să mai primească și bani pe el. Polițaiul i l-ar fi luat gratis, în niciun caz pe bani.

— Deci rămâne popa și primarul. Cum îi găsim? întrebă Otto.

— Simplu! Popa e la biserică și primarul la primărie. Logic, nu? Că doar nu o fi invers.

Mâine mergem la biserică și vedem cum îl cheamă pe preot, apoi la primărie. Mâine ne așteaptă o nouă și lungă zi, așa că eu zic să tragem un pui de somn. Oricum nu putem face mai mult acum.

Animalele s-au tolănit și în scurt timp au adormit.

~ Capitolul 16 ~

— Lenuță, haida, fă, să vezi ce am găsit! Hai, ieși afară, haida repede!

— Ce-oi fi mai găsit, Mitică, de strigi ca apucatu'? Viu acu'!

Lacătul s-a auzit deschizându-se și balamalele ușii au început să scârțâie, un val orbitor de lumină acoperind instantaneu pereții plini de funingină ai afumătorii.

— Iote, fă, ce animal!

— Aoleeeu, maică, ce mai e și arătarea asta? E mort?

— Nu-i mort, fă, că mișcă!

Fiind orbit de lumină, încercam acum să deschid ochii, dar cu greu reușeam.

— Ia, că deschide ochii dihania. Ui' ce ochi mari are! Da' ce-i ăsta, Mitică? Așa ceva n-am văzut de când mama m-a făcut!

Mă acomodasem cu lumina și acum o puteam vedea bine pe Lenuța. Era o femeie la vreo patruzeci și cinci de ani, muncită bine și îmbătrânită prematur. Palmele îi erau crăpate, iar unghiile îi erau neîngrijite și negre. Purta un șorț alb, pătat peste tot și rupt într-un colț.

— Nu știu, fă, ce-i asta. Mă gândeam că știi tu, că tu te tot uiți toată ziua la televizor.

— Apăi, Mitică, io mă uit la emisiuni cu oameni care își caută jumătatea, nu la emisiuni cu animale.

— Ia adă-mi, fă, telemobilul. Vezi că-i în casă pe masa din bucătărie. Adă-l că-l sun pe Fănică! N-are el prea multă carte, dar e om umblat, o știi să ne zică ce-i dihania asta.

Nevasta execută repede ordinul și îi aduse telefonul, iar Mitică apelă un număr și duse telefonul la ureche. Nu puteam auzi ce-i spunea interlocutorul, dar pe Mitică sunt convins că, la cât de tare vorbea, Fănică l-ar fi putut auzi și dacă ar fi închis telefonul.

— Alo, hai noroc, Fănică! Ăăă... mă scuzați, să trăiți, domn' primar, mă scuzați, știți... eu obișnuit cu Fănică... ne știm de atâția ani, de când eram mucoși amândoi. Aaa... da, da, aveți dreptate, numai io eram mucos, da, da, așa e, îmi amintesc acum. Dom' primar, ce voiam să vă zic... mergeam azi cu căruța pe la groapă, știți că socialul e mic și... am zis să mai caut un cupru, un alumin, ceva... știți că mai aruncă lumea... și... am găsit o arătare cu blană. Nu, nu, nu, e un fel de capră mai mare, cu lână maro. Nu scoate, Fănică, pardon, dom' primar... niciun sunet nu scoate! Haideți până la mine să o vedeți, sigur știți dumneavoastră ce e. Poate facem un târg cu matale... că știți... socialu' e mic... mai luăm și noi ceva de mâncare. Da, da, hai că te-aștept, Fănică! Ăăă, v-aștept, dom' primar! Da, da, haideți!

În nici cinci minute, poarta se deschise și pe ea intră un bărbat la vreo cincizeci de ani. Mi-am dat repede seama că era Fănică, primarul. Avea niște pantaloni de stofă gri și era încălțat cu o pereche de pantofi negri lucioși, cu vârful ascuțit și puțin încovoiat. Cureaua nu i se vedea din cauza burții, iar deasupra avea un sacou tot gri, cu tricolorul brodat pe rever. Își luase sacoul direct peste pielea goală, fără cămașă, iar părul de pe piept îi stătea la vedere și nu era deloc puțin. În buzunarul sacoului de la piept, avea o pereche de ochelari de soare, iar în mâna dreaptă ținea o borsetă din piele maro și o cheie de mașină tip briceag, pe care o tot deschidea și închidea.

— Salut, Fănică! Hai să-ți arăt animalul!

— Bă, Mitică, de câte ori ți-am zis, bă, să nu-mi mai zici așa? Uităăă, băăăă, de Fănică! Acum sunt domn' primar. Sau domnul Ștefan.

— Bine, bine, domn' primar! Hai să-ți arăt dihania!

Fănică se apropie de mine și holbă ochii mari!

— Ptiuuu, drace! Asta-i o cămilă.

— Dar n-are cocoașă!

— Lasă, bă, o fi cămilă fără cocoașă! Țața Aurica a lu' Topor din deal are cocoașă. Și nu-i cămilă. Da' ia las' că sun eu pe cineva acum care știe precis.

Primarul își scoase telefonul simandicos, îl îndreptă spre mine și îmi făcu o poză. Apoi îl îndepărtă de ochi ca și când nu vedea de aproape și cu degetul butucănos apăsă niște taste, apoi formă un număr.

— Alo! Ce faci, mă? Bă, fii atent aici. Vezi că-ți trimit o poză cu un animal, să-mi zici ce e. Da, da, acum îți trimit. Ce fonduri, mă? Ți-am zis că nu facem nimic pe niciun fond de la nicio Europă. Noi facem pe banii noștri, băă! Că suntem patrioți! Tu visezi fonduri! Păi d-acolo nu pupăm nimic, mă! Lasă-l dreacu de asfalt, n-or murit ei atâția ani până acu', n-or muri nici acu'. Noroiul n-a omorât pe nimeni niciodată. Alții dau bani să meargă să se dea cu nămol, la noi au nămolul gratis pe ulițe. Ha, ha, ha! Bine zici și tu. Las' că acu'... doi ani stăm liniștiți! Vedem apoi, când vin alegerile, facem atunci o stradă, două, facem niște punguțe faine, vedem noi! O scoatem la capăt. Ia zi, ai primit poza? Da? Zi, ce animal e ăsta? Aha... așa... da, aaa... am înțeles. Bine, bine, hai să trăiești!

Primarul închise telefonul sub ochii sclipitori ai lui Mitică, ce se gândea că va încheia o afacere bună.

— Ia, zi, domn primar! Fain animal? Valoros, așa-i?

— Valoros pe dracu' Cică-i zice alpaca, e un fel de lamă, iar prin străinătate e plin de ele, umblă pe străzi ca la noi câinii vagabonzi. Nu dă lapte, lâna n-ai ce face cu ea că se destramă, carnea e amară, deci nu merge nici pusă pe jar. Fi-ți-ar dihania de râs, aveam și treabă și mi-am pierdut timpul cu arătarea ta. Dar dacă tot m-am deranjat... ce să fac... ți-oi da de un pachet de țigări pe ea și vreo doi lei. Să am parte de ea. S-or bucura copiii și oi ține-o până s-or plictisi de ea.

Primarul scoase din borsetă un fișic gros de bani legați cu un elastic și scoase douăzeci de lei pe care îi întinsese lui Mitică.

— Ia și să fii sănătos! Dar mai lasă dreacu băutura aia, că tot socialu' la crâșmă îl lași. Hai, ia banii și du-mi animalul acasă!

— Domn' primar, oi fi eu prost, da am și eu școala vieții. Apăi io n-am auzit ce v-a zis domnu' la telefon? Cămila asta are cea mai scumpă lână din lume, mai moale decât cașmirul. Carnea ei e delicatesă în alte țări și puțini își permit să mănânce așa ceva. Unii o țin ca animal de companie și dau o grămadă de bani pe ea, în jur de patruzeci de milioane, poate chiar mai mult dacă-i exemplar frumos. Și dacă mă uit la ăsta, n-aș zice că-i urâțel. E el murdar de funingine acum, dar când l-oi curăța, tare mândru ai mai fi de el!

— Iote, al dreacu! Păi tu îmi asculți mie telefonul, mă?

— Dacă era difuzorul tare era să nu aud?

— Hai, zi repede cât vrei pe animal, că mă grăbesc!

— Că tot am fost colegi de bancă, îți fac un preț bun, așa ca pentru domn' primar. Lasă aici douăj de milioane și fugi cu capră cu tot.

— Tu te-ai lovit la cap, Mitică. Să fiu al naibii de nu! Ia rămâi tu cu cămila ta că nici nu îmi mai trebuie!

— Ia, că rămân. M-oi duce sâmbăta la târg cu ea. Cu toate că zău de nu-i stătea bine în curtea matale.

Văzând că Mitică nu lasă deloc de la el, primarul scoase din nou fișicul și numără douăzeci de milioane.

— Ia d-aici și du repede capra la mine acasă! O bagi în țarcul ăla din plasă verde și tragi zăvorul. Eu trebuie să mă duc la primărie că mâine avem delegație de la centru.

Mitică s-a apropiat de mine, m-a luat în brațe și m-a urcat din nou în căruță.

Tanti Lenuța i-a deschis poarta și l-a dirijat până a ieșit pe stradă.

Am mers vreo cinci minute și am ajuns în fața unei vile cu două etaje, unde Mitică a oprit căruța și m-a dat jos. A sunat de câteva ori la poartă și o femeie a ieșit la una dintre ferestrele de la etaj.

— Sărut mânuțele, doamnă! M-a trimis domn' primar să-i las animalul ăsta.

— Doamne ferește, măi, Mitică, dar ce mai e și struțo-cămila aia?

— E animal valoros, doamnă! E adus din țările calde!

Femeia de la etaj intră în casă, iar poarta acționată electric se deschidea acum lent, lăsând să se vadă un gazon verde, proaspăt tuns. Am intrat în curte și Mitică m-a dus la un țarc din spatele curții unde m-a închis cu un zăvor. Țarcul era destul de mare, pe jos era o placă din beton, iar pe o porțiune avea confecționată o podea din scânduri, semn că acolo locuise în trecut un câine. Era mult mai bine decât în afumătoarea în care amorțisem. Aici eram în aer liber, laturile țarcului erau din plasă de sârmă, permițându-mi să observ toată curtea. În stânga mea era o piscină vopsită cu albastru, dar fără apă în ea, și lângă aceasta, o masă cu patru scaune și o umbrelă colorată. Casa era foarte mare, având pe puțin zece camere.

Doamna de la geam a coborât și a venit la mine. S-a uitat lung, preț de câteva secunde, după care a intrat înapoi în casă fără să zică nimic. S-a întors după câteva minute cu o cratiță plină cu apă pe care mi-a pus-o în țarc. Inhalasem atâta funingine din afumătoare încât și apa mi se părea că e afumată. Dar am băut-o pe toată și mi-am potolit setea. Din toate locurile în care ajunsesem până atunci, aici era cel mai bine și pentru prima oară un om îmi oferise apă. Ba chiar mi s-a adus și o mână de trifoi, pe care femeia îl adunase de pe marginea piscinei. Cu toate astea, deja mă gândeam cum să scap și să mă duc acasă la Iancu al meu. Dorul de el, de Georgiana, de Marian și de toate animăluțele îmi făcea ochii să se umezească. De ce oare nu ascultasem de Cairo? La ce bun îi scrisesem Georgianei că suntem bine cu toții dacă avea ca nici măcar să nu mă mai găsească acasă?

Mai spre seară, poarta electrică s-a deschis din nou și în curte a intrat o mașină mare, roșie. Din ea a coborât domnul primar, care și-a dat sacoul jos, rămânând la bustul gol, și care s-a așezat pe unul din scaunele de la masa cu umbrelă.

— Mariaaa! Adu-mi jos un ceai și un pachet de țigări!

În scurt timp, femeia a coborât cu o ceașcă mare de ceai cu farfurioară și cu un pachet de țigări de foi. S-a apropiat de domnul primar și l-a sărutat pe frunte.

— Dragul meu soț este obosit? A muncit mult azi?

— Sunt rupt! Am avut o zi grea, iar mâine vin și boii ăia de la București. De nu ar mai veni!

— Vai, drăguțul de tine. Hai, acum, bea niște ceiuc și povestește-mi ce-i cu animalul ăsta.

Primarul și-a aprins o țigară, a adoptat o figură importantă și a început să-i zică soției:

— E o alpaca. E originară din Peru și are cea mai scumpă lână din lume. Asta de-i aici se pare că a fost tunsă primăvara asta. Oricum nu o luasem pentru lână.

— Dar pentru ce ai luat-o?

— Pentru ăia de vin mâine cu delegația. Oamenii au putere mare și multe conexiuni. Am vorbit cu unul din ei să ni-l aranjeze pe Mihăiță. Mi-a dat promisiuni că îl vor pune director.

— Dar Mihai al nostru nici să își facă de mâncare singur nu știe. Cum o să fie el director?

— Lasă, femeie, că învață el! Și la ce salariu o să aibă, nici nu va trebui să știe vreodată să își facă singur de mâncare.

— Și animalul? Cum adică l-ai luat pentru ei? O să li-l dai cadou?

— Ete, na! Cum să le pun cămila în mașină la pachet? L-am sunat azi pe unu' de la minister. Băiat cu școală, doar că n-are pe nimeni, săracu, așa că e simplu funcționar. El mi-a zis treaba cu Peru și cu lâna. Și mi-a mai zis că friptura de alpaca e o delicatesă prin restaurantele de lux din afară. Mâine o să facem o figură frumoasă. După sedință îi voi invita pe fripturiștii ăia la noi acasă și îi voi servi cu alpaca la grătar. Ăștia sunt sătui de chiolhane de-ale noastre. Trebuie mereu să vii cu ceva nou ca să impresionezi.

— Și cine taie cămila, tu?

— Doamne ferește! Îl sun pe al lui Nae. Ăla a fost plecat prin Anglia, măcelar a lucrat. Se pricepe omul. Ia că acum îl sun, să nu uit. Mâine dimineață la prima oră să fie aici.

Auzind discuția, tremuram acum din toate încheieturile. Iancu, Georgiana, Cairo, Otto, Petrică... nu aveam să-i mai văd niciodată.

Puiul meu de câine, abia așteptam să-l văd crescând mare de tot și devenind un câine imens și puternic, așa cum îi spuneam mereu când mă jucam cu el. De acum nu mai aveam să-l văd niciodată. Ca o ultimă dorință, aș fi vrut să-l mai privesc o dată făcând nani cuibărit în blănița mea.

Georgiana... fetița mea frumoasă care pe mine m-a ales de la ferma din Arad și m-a crescut cu atâta dragoste. M-a dus la doctor la cel mai mic semn de boală și a chemat doctorul acasă chiar și când mă înecasem ușor cu o bucată de măr. Se trezea la șapte ca să-mi taie morcoviori și banane și se îngrijea tot timpul ca să nu-mi lipsească nimic. Și eu am părăsit-o, n-am ascultat și uite unde am ajuns. Mâine nu voi mai exista!

Cairo, dulăul puternic, dar atât de blând. A fost primul care mi-a vorbit și mi-a alinat temerile în prima mea noapte în noua căsuță din Brașov. Nici de el n-am ascultat.

Nici pe Otto nu aveam să-l mai văd vreodată și nici pe Petrică. Măcar Petrică nu va suferi după mine.

Ce bine ar fi ca ăsta să fie un vis urât din care să mă trezesc la mine în căsuță. Chiar... poate că Georgiana a uitat să lase lămpițele la încărcat la soare și am adormit în întuneric. Da, sigur așa e: e un vis urât! O să mă trezesc și o să fiu acasă! La joacă cu Iancu. Și o să ies și cu Marian și Cairo la alergat. Abia aștept! Daaa... e un vis. De bucurie că am să mă trezesc, am sărit în sus, exact cum făceam atunci când mă jucam cu Georgiana în grădină.

Când am aterizat, am lovit poarta țarcului cu copitele și am făcut zgomot.

— Ce-ai, cămilă? Nu ai stare? Ai văzut, Mărio, cum a sărit animalul? Ca o capră. A naibii, zici c-a auzit c-o taie Nae mâine. Ha, ha, ha!

Deci nu visam. Totul era cât se putea de real și a doua zi urma să nu mai fiu. Am închis ochii resemnat și m-am așezat într-un colț. În colțul celălalt parcă îi vedeam pe frații mei de la fermă, cei care ajunseseră la pensiune. Și de ei îmi era dor.

Se înserase și aveam să-mi petrec ultima noapte în viață. Nici vorbă să pot adormi.

A doua zi urma să plec... urma să mor.

~ Capitolul 17 ~

Animăluțele dormeau, când Iancu a început să schelălăie puternic.

— Pui de câine! Încetează! strigă Petrică la Iancu.

Cățelul schelălăia în continuare, parcă cu mai multă putere, trezind toate animalele.

— Iancu, trezește-te! Scoală-te! Visezi urât!

Cățelul schelălăia într-un somn din care aproape că nu putea fi trezit. Abia când Cairo l-a zdruncinat cu putere, puiul de câine s-a ridicat în picioare, dar a continuat să schelălăie și să mârâie așa cum nu o mai făcuse niciodată până atunci.

— Iancu, ești cu noi aici, gata, liniștește-te! îi spuse pe un ton liniștitor motanul roșcat, care pentru prima oară lăsase tonul arogant, temându-se de mârâitul cățelului.

— Ce ai visat? îl întrebă Otto.

— Vol să îl omoale! Vol să îl omoale!

— Cine? Pe cine?

— Pe plietenul meu țel mai bun. Un nene lău cu un cuțit vlea să omoale alpaca!

— Sâsâitule, ai visat! Dormi la loc pentru că mâine ne așteaptă o zi lungă!

— Nu mai dolmim deloc! Acum pecăm! Chial acum!

— Dar acum e închis și la primărie, și la biserică!

— Si țe dacă! Pecăm acum! O să îl omoale pe alpac!

Animalelor le sări somnul și lui Cairo începu să îi surâdă ideea lui Iancu.

— Mie nu-mi mai e somn! Eu zic că am putea merge să găsim casa preotului și apoi pe cea a primarului. Măcar facem o recunoaștere și nu mai pierdem timp mâine.

— Eu oricum noaptea nu dorm bine! zise Otto.

Văzând că toate animalele sunt de acord cu asta, Petrică cedă și el și hotărî să plece.

— La biserică ajungem simplu, din orice pom ar trebui să i se vadă turla. Otto, urcă-te în copacul ăsta și uită-te!

Pisica se cățără în copac și făcu un tur de orizont.

— Dacă aproximez bine, în zece minute ar trebui să ajungem la biserică. E în direcția aia! indică Otto cu lăbuța.

Animalele au format coloana obișnuită și s-au pus în mișcare. Așa cum bine anticipase Otto, în zece minute erau în curtea bisericii, de acolo putând observa casa parohială, care era fix lângă.

Poarta casei era larg deschisă, așa că animalele au intrat toate în curte și au început să-l caute pe Pablo. Era întuneric beznă, așa că operațiunea era meticuloasă.

Pentru că niciun indiciu nu arăta că Pablo ar fi fost pe acolo, Petrică le-a făcut semn animalelor să iasă afară și să se întâlnească pe stradă, în fața porții.

— E clar, pe aici nu a fost! Rămâne de verificat primarul. Haideți să plecăm!

Iancu? Unde e Iancu? întrebă foarte speriat Cairo.

Chiar în acel moment, un bec din casa preotului se aprinse și animalele îl putură vedea pe părinte, în sutană, ridicându-l pe Iancu în brațe și uitându-se în ochii cățelului. Apoi îl lăsă jos și Iancu fugi până la poartă, unde se întâlni cu restul animalelor.

— Sâsâitule, cum ai ajuns acolo?

— Îl căutam pe Pablo si a iesit nenea pălintele si m-a pins. Dal m-a lăsat lepede zos si am venit la voi.

Bucuroase că nu l-au pierdut pe Iancu, animăluțele au plecat din nou în căutarea casei primarului.

— De recunoscut casa e simplu. Aici sunt numai case sărăcăcioase. Trebuie să ne uităm după o casă impunătoare și luxoasă. Ne va sări sigur în ochi, dar problema e că satul e destul de mare. Ne va lua ceva timp. Vom lua străzile pe rând.

~ Capitolul 18 ~

N-am închis un ochi toată noaptea. Abia când am aflat că a doua zi urma să mor, am realizat cât de frumos e cerul înstelat. Am stat toată noaptea și m-am uitat la stele, gândindu-mă că acolo urmează să călătoresc.

Știam că nu mai am nicio scăpare și că viața mea se va încheia. Eram resemnat complet.

Devenisem deja nerăbdător. Nu mai voiam să mă chinui, să fiu năpădit de amintiri și de regrete. Poate că ăsta îmi fusese destinul. Nu îmi părea rău nicio clipă că nu am fost ales să plec la pensiune. Avusesem cea mai bună mămică din lume și cei mai buni frățiori, animăluțele mele.

La un moment dat s-a luminat de ziuă și poarta s-a deschis. Spre surprinderea mea, nu plângeam și nici nu mă zbăteam. Voiam doar să se termine repede. Mă uitam la omul ce urma să-mi fie călău, cum se apropia de țarcul meu, ținând în mână o funie. Dacă aș fi putut vorbi cu el, i-aș fi zis că nu avea nevoie să mă lege. Aș fi stat și nelegat.

Ușa țarcului s-a deschis și omul m-a prins cu o mână de zgardă și cu cealaltă a început să îmi înfășoare picioarele din față până am căzut în genunchi. Apoi m-a tras afară, lăsându-mi picioarele din spate libere. Când am ajuns în curte, am văzut că doamna Maria adusese un lighean cu apă, lângă care a pus o bancnotă de cincizeci de lei.

— Marcele, vezi că îți las aici cincizeci de lei, să-i iei după ce termini treaba.

Călăul mi-a legat și picioarele din spate și m-a lăsat întins pe iarbă. A scos o bucată de gresie și a început să ascută cu ea un cuțit imens, de vânătoare. Eu îmi închisesem ochii și mă străduiam să nu mă gândesc la nimic. Dar imaginea lui Iancu îmi tot apărea în minte. Georgiana, Marian, Otto, Petrică și Cairo. Pe toți aveam să-i port cu mine în suflet oriunde aș fi mers. Făcusem greșeala să îmi doresc să le fac o bucurie părinților mei prin care să le spun că sunt bine. O greșeală fatală într-o lume a oamenilor în care inocența e un defect de moarte. Nu făcusem rău nimănui și nu deranjasem pe nimeni. Cu toate astea, aveam să plătesc acum cu viața.

Omul își terminase de ascuțit cuțitul. A venit spre mine, m-a încălecat și m-a prins între genunchii lui, iar cu mâna stângă m-a apucat de boticul catifelat și mi-a tras capul pe spate. Am deschis ochii și i-am fixat privirea fără să vreau.

— Doamna Maria, am tăiat multe animale la viața mea, dar e prima oară când văd așa ceva. Capra asta plânge. Are ochii înlăcrimați.

Tanti Maria s-a întors cu spatele și i-a spus călăului să termine treaba mai repede că ei îi e milă.

Am simțit că mă strânge mai tare cu genunchii și mi-a tras capul mai tare pe spate. Am închis ochii și am simțit cum omul și-a ridicat cât a putut de mult mâna în care avea cuțitul. Apoi i-am simțit genunchii cum s-au încordat brusc și am auzit cum lovitura a plecat.

Un mârâit de fiară sălbatică și o lovitură pe spate urmată de țipetele de groază ale călăului și ale doamnei

Maria m-au făcut să deschid ochii. Deși eram legat, mi-am întors gâtul și am văzut cuțitul lângă mine, pe jos, iar pe doamna Maria am văzut-o cum a intrat în casă, închizând ușa îngrozită în timp ce țipa cât o ținea gura. Mârâitul animalic era aproape acoperit de țipetele de groază ale călăului. Mi-am întors gâtul și mai mult și am văzut un dulău imens, negru, mușcând din săracul om, care avea acum hainele franjuri și se chinuia să scape cumva de sub animalul nervos. Cu fiara trăgând de el din toate părțile, măcelarul s-a târât până la piscină și, deși era adâncă și fără apă, a sărit în ea. Câinele a mai lătrat de câteva ori, dar nu a intrat în bazin după el.

Deși scăpasem de călău, aveam să fiu acum devorat de acest câine sălbatic, de o agresivitate pe care eu nu o văzusem nici la Cairo, care era un câine cam de aceeași talie.

Câinele s-a întors și se îndrepta spre mine cu viteză. Nu-mi venea să-mi cred ochilor!

— Cairo? Cairooooo!

În timp ce Cairo a venit lângă mine și a început să mă lingă, i-am auzit vocea lui Petrică:

— Bine că te-a apucat drăgălășitul acum, câine! Vino mai bine și ajută-mă aici.

Cairo l-a ascultat și a început să roadă și el funia care îmi ținea picioarele din spate legate, așa cum făcea și Petrică. La picioarele din față „lucra“ Otto.

Mă uitam și nu îmi venea să cred ce se întâmpla. În afară de Iancu, toți prietenii mei erau lângă mine.

— Bine că nu l-ați luat și pe Iancu, el mai avea de făcut două vaccinuri până să aibă voie să iasă din curte.

Nici bine n-am terminat de zis că am și văzut un ghemotoc de blană venind în pasul ștrengarului spre mine.

— Pabitooo, Pabitoo, plietenul meu, te ubesc! striga puiul de câine, în timp ce mă lingea pe toată fața și schelălăia de bucurie.

— Ooo, da! Cât de frumos! Îmi ies curcubee din urechi și simt că mă topesc! spuse Petrică printre dinți, pe același tot ironic pe care îl cunoșteam atât de bine, în timp ce rodea în continuare la funie.

— Aici e gata! La Otto e gata! Capră, ridică-te! Ridică-te și aleargă după noi! strigă Petrică.

M-am ridicat în picioare și am alergat după animalele care păreau că știu foarte bine încotro se îndreaptă. Ne-am oprit într-o grădină din curtea unei case în paragină.

Eram toate animalele curții acolo. Dar mi-am dat repede seama ce se întâmpla. Visam din nou. Dar dacă tot îmi apăreau în vis, voiam să profit de asta și să le spun tot ce simțeam pentru ele.

— Cairo, tu ai fost primul care mi-ai oferit prietenia ta atunci când am ajuns la voi în curte. Niciodată nu m-ai supărat cu nimic și mereu aveai grijă de mine când ieșeam cu Georgiana la plimbare. Știu că atunci când veneam cu tine și cu Marian la alergat dimineața, eu doar mă uitam la voi, dar tu nu te supărai pentru că știai că mie nu îmi plăcea alergatul pe distanțe lungi. Te rog să mă ierți pentru că nu am ascultat de tine și că am plecat la poștă pe ascuns! Îmi pare rău că pentru prostia asta v-am pierdut pe toți! Rămâi cu bine, prieten drag. Și te rog să ai grijă de Iancu! Otto, tu ești cel mai blând pisoi pe care l-am văzut.

Îmi plăcea când stăteai pe terasă și te uitai la mine și la Iancu cum ne jucam. Îți mulțumesc pentru prietenia ta! Să ai grijă de tine, Otto! Petrică, chiar dacă tot timpul voiai să pari nesuferit, eu mereu am știut că ai un suflet mare și bun. Mă simțeam tare relaxat când te vedeam la geamul casei, chiar dacă nu ne băgai în seamă. O să-mi fie dor de tine! Iancu... ghemotocul meu de blăniță! În ziua când mi-a zis Georgiana că voi avea o surpriză, nu mă gândeam că îmi va aduce un sufleţel-pereche. Niciodată nu am fost atașat atât de tare de cineva. M-aș fi jucat cu tine non-stop, chiar și când nu aveam chef, dar o făceam pentru tine. Mai știi câte năzbâtii făceam și câte ghivece am dat pe jos când ne alergam? Și apoi ne despărțeau, dar noi stăteam lipiți unul de celălalt prin gardul de sârmă. Te iubesc, pui de câine, și vei rămâne tot timpul frățiorul meu mai mic. Când o să-mi ieșiți din vis, să-i spuneți Georgianei și lui Marian că îi iubesc și că îmi e dor de ei!

— Ce-ai fumat, capră? Te-ai drogat sau ai tras pe bot funingine din afumătoare? întrebă Petrică, sub privirile nedumerite ale celorlalte animale.

— Am bătut atâta drum de la Brașov până aici ca să aud prostiile astea? Revino-ți în trup, cămil nebun!

— Nu visezi, Pabito al meu. Uite, apleacă-te să te ling pe ochisoli!

Iancu începu să mă lingă și apoi animalele mi-au povestit cum au ajuns la mine și prin câte au trecut, iar eu le-am povestit la rândul meu pățaniile mele. Niciun animal nu mi-a reproșat că am plecat de acasă. Acum, era timpul să ne întoarcem.

După cum îmi spusese Iancu, șeful trupei era Petrică.

— De aici vom pleca spre gară! Vom aștepta primul tren care va opri în comuna asta. De sărit din mers am putut, dar de urcat nu avem cum. Sâsâitul abia și-a târât fundul gras în vagon când era trenul oprit. Haideți, să mergem!

Eram așa de fericit și aveam atâtea de povestit, încât mersul pe jos era o adevărată plăcere. La un moment dat, am trecut pe lângă biserică și apoi pe lângă o casă despre care Otto mi-a zis că era a preotului.

— Am bănuit că ai fost luat de preot și am fost să te căutăm la el acasă. Uite, stă fix acolo, unde e sutana aia pusă la uscat pe sârmă.

Când a auzit asta, Petrică s-a uitat curios spre culmea de rufe, apoi l-a întrebat pe Iancu.

— Chiar, sâsâitule, cum de te-a lăsat popa așa repede jos după ce te-a luat în brațe?

— Păi am făcut asa cum m-ai învățat tu!

Animalele au început să râdă copios, numai eu nu înțelegeam de ce râdeau, dar Cairo mi-a povestit și am înțeles ce era așa de amuzant.

În scurt timp am ajuns la gară unde am așteptat un tren care să meargă spre Brașov și care să oprească acolo. Se înserase deja, trecuseră vreo cinci trenuri și niciunul nu oprise. Ne-am dus în capătul peronului și ne-am tolănit pe iarbă, iar poveștile au continuat până am adormit.

~ Capitolul 19 ~

Spre dimineață, am fost treziți de un zgomot asurzitor de frâne de tren, iar când ne-am ridicat, am fost orbiți de o lumină puternică. Un tren tocmai se pregătea să oprească în stație. Petrică și-a luat imediat în serios rolul de lider și ne-a făcut un mic instructaj.

— Vom urca, la fel ca data trecută, în primul vagon după locomotivă, în cel poștal. Eu voi deschide ușa. Îl vom urca prima oară pe sâsâit și-l vom ajuta de la spate să-și tragă fundul mare și gras în tren. Apoi vom urca eu și Otto, urmați de capră. Cairo, tu ne vei ține spatele și vei interveni în caz de pericol. Acum nu mai poți spune că nu ai mai mușcat pe nimeni niciodată. Vino repede să-ți pun și ăștia cincizeci de lei la lăbuță.

Cairo s-a apropiat ascultător și Petrică i-a băgat bancnota sub ața prinsă ca o banderolă de una dintre lăbuțe, acolo unde se aflau și ceilalți bani.

— Pe ăștia de unde îi mai ai?

— Ești prea curios! Dacă îți spun, va trebui să te ucid apoi! Haideți, să mergem, nu o să stea trenul după noi.

Animalele au alergat până în dreptul vagonului de poștă, iar Petrică a sărit și a deschis ușa. Așa cum stabiliseră, primul care a urcat a fost Iancu. Puiul de câine s-a prins cu lăbuțele din față de scara vagonului și a încercat să urce fără ajutorul celorlalte animale, dorind să arate că poate și singur.

— Nu pot, nu pot să ulc, împigeți-mi fundulețul!

Fiind cel mai înalt, eu mi-am întins gâtul și am împins puiul de ciobănesc în tren. Petrică și Otto au urcat fără probleme dintr-un singur salt. Mi-am luat și eu avânt și am sărit din prima, urmat de Cairo.

Toate animalele eram acum în vagonul care se pusese în mișcare.

— Cairo, acum știi ce ai de făcut! Mie mi-e cam foame și cred că nici sâsâitul nu are stomacul prea plin.

— Daaa, si mie mi-e fomiță!

Cairo s-a apucat de adulmecat coletele aflate în vagon și s-a oprit asupra unuia.

— În ăsta e mâncare!

— Dar ce faceți? Doar nu umblați în pachetele oamenilor! Astea sunt colete și scrisori trimise către cei dragi, nu putem umbla în ele!

— Bla, bla, bla! Mai știu eu pe unul care a trimis o scrisoare către cei dragi. Haide, Otto, deschide coletul! îmi replică Petrică, făcându-mă să mă simt vinovat pentru tot ce se întâmpla.

Otto a deschis coletul și Petrică a început să cotrobăie prin el. A scos de acolo trei conserve cu carne și o bucată mare de pastramă de oaie. Prietenii meu au mâncat conservele, iar când au ajuns la pastramă, Cairo s-a uitat spre mine și mi-a zis:

— Pablo, să nu te superi pe mine că am să mănânc asta, știu că ți-am zis în prima seară că eu nu mănânc oi, dar acum sunt lihnit. În plus, oaia asta nu e vie.

Animalele erau acum sătule și stăteau întinse pe jos.

— Pabito, dal tu țe mănânți? Ție nu îți e foame?

— Nu mi-e foame, puiul meu. Eu am mâncat.

— Ăsta e ghinionul lui de vegetarian. Oamenii nu prea obișnuiesc să-și trimită lucernă prin poștă, spuse Petrică arogant, în timp ce se lingea pe bot.

Adevărul e că aveam stomacul gol, dar eram atât de fericit că voi merge acasă, încât puteam trece ușor peste senzația de foame.

La un moment dat, Petrică a rămas cu privirea ațintită spre un colț al vagonului și a făcut ochii mari. S-a ridicat brusc și a exclamat:

— Cât de tare!

Apoi s-a îndreptat spre locul în care se uitase, iar când a ajuns, a scos prima scrisoare dintr-un teanc mai mare și a fluturat-o spre noi.

— Nici într-o mie de ani nu o să ghiciți ce e asta!

Ne uitam cu toții mirați și nu știam unde vrea să ajungă motanul.

— Capră, tu știi să citești, ia citește-le tu cu voce tare prietenilor tăi ce scrie aici!

M-am uitat pe scrisoare și am citit ce îmi indica Petrică.

— Scrie așa: Expeditor Burlacu Nelușu, Municipiul Cluj-Napoca, Căminul numărul...

— Oprește-te, e de ajuns! Ia să vă aud, v-ați prins cine e?

— E un pieten de-al tău de când elai mic? întrebă Iancu.

— E studentul de la Cluj! strigă Cairo în timp ce a început să râdă.

— Exact! E chiar el! exclamă Petrică, în timp ce deschidea scrisoarea cu gheara.

— Ia să citim noi, să vedem dacă i-au plăcut sarmalele.

Habar nu aveam ce făcea Petrică, dar râdeam și eu, văzându-i pe ceilalți cât de tare se amuzau în timp ce motanul citea.

Iubita mea mamă,

Am primit pachetul de la tine și îți mulțumesc pentru tot ce faci pentru mine. Gemul e foarte bun și te rog să îmi mai trimiți, murăturile au fost și ele bune. Am găsit și cei 50 de lei.
Nu am înțeles de ce mi-ai spus că faci cele mai bune sarmale din lume, doar știi că eu ți-am zis asta tot timpul, chiar te rog să îmi trimiți și sarmale data viitoare.
Abia aștept să vin acasă și să îi văd pe toți cum mă vor privii cu invidie că sunt student acum.

Cu drag, al tău viitor inginer,
*Nelu*ț*u*

— Am nevoie de un pix, rapid! spuse Petrică.

Cairo a început să caute prin vagon și într-o condică a găsit un pix albastru pe care i l-a dat lui Petrică. Acesta l-a luat și a început să modifice scrisoarea.

În loc de „50 de lei" a tăiat 50 și a scris 100, iar de la cuvântul „privii" a tăiat un „i". Unde era scris „chiar te rog să îmi trimiți și sarmale data viitoare", motanul a adăugat un „mai" și l-a tăiat cu o linie pe „și". La final, Petrică a completat:

„*P.S. Cheltui foarte puțin aici, așa că îți trimit înapoi 50 de lei.*"

Pisica a luat 50 de lei de la Cairo și i-a băgat în plic, apoi le-a recitit animalelor scrisoarea, acestea tăvălindu-se de râs. Pentru a resigila plicul, m-a rugat să scuip pe marginea acestuia și eu l-am ajutat.

După ceva timp, Petrică ne-a spus că ne apropiam de gara din Brașov și că trebuia să ne pregătim de coborâre.

Trenul a încetinit cu același zgomot asurzitor, iar Petrică a deschis ușa vagonului.

— Imediat ce oprește trenul, coborâm și ne ducem direct la locomotiva aceea monument. Dar facem asta rapid, pentru că la vagonul ăsta vor veni cei de la poștă pentru a ridica pachetele!

Pe peron erau deja oameni care așteptau să urce. În dreptul vagonului poștal era parcată o mașină electrică cu două remorci care transportau colete, iar lângă aceasta mai mulți angajați ai poștei.

Când trenul a oprit, ușa vagonului poștal a ajuns fix în dreptul unui angajat pe care chiar l-am auzit întrebându-se de ce e ușa aceea deschisă. Firește că nu s-a gândit că în vagon se aflau o alpaca, doi câini și două pisici, dintre care una deschisese ușa.

Petrică a făcut un salt peste șapca omului și a fugit glonț spre locomotiva veche de care vorbise. Otto a sărit și el, atingând poștașul care începuse să înjure, uimit de faptul că din tren tocmai coborau niște pisici. Nu vreau să mă gândesc ce o fi zis când a văzut sărind din vagon și ditamai alpacaua.

Am ajuns cu toții la locul stabilit și ne-am așezat să ne tragem sufletul.

— Sâsâitule, dacă te prindea poștașul, mai pătai o uniformă, a spus Petrică râzând, în timp ce noi îl căutam cu privirea pe Iancu pentru a-i vedea reacția.

— Iancu? Iancuuuu! Iancuuu!

Iancu nu era nicăieri. Cairo, fără să-i mai pese că peronul era încă plin de oameni, a fugit glonț la vagonul poștal, iar noi am ieșit din ascunziș suficient cât să putem vedea ce se întâmplă. Mașina poștei era încă pe peron și doi muncitori încărcau colete în tren.

Puiul de câine nu era nicăieri. Cairo s-a băgat chiar sub vagon pentru a-l căuta, gândindu-se că alunecase și căzuse pe calea ferată. După zece minute de căutări, Cairo s-a întors la noi.

— Nu e nicăieri. L-am căutat peste tot!

Cu toții eram înmărmuriți și nimeni nu scotea niciun sunet. Nu ne vedea să credem.

— Eu sunt vinovat pentru tot! Din cauza mea mi-am pierdut cel mai bun prieten!

Am început să plâng și să-l rog pe Petrică să facă ceva să-l găsească.

— Stai, cămilă Nu mă mai agita, lasă-mă să gândesc!

Un fluierat puternic dăduse semnalul că trenul putea pleca, ceea ce s-a și întâmplat. Motorul locomotivei scotea un zgomot din ce în ce mai puternic, iar trenul accelera, îndepărtându-se de noi până abia îi mai puteam vedea lămpile roșii ale ultimului vagon.

Gândul că Iancu s-ar fi putut afla încă în tren îmi dădea o stare de groază.

— Cairo, te-ai uitat în vagon? Sigur nu era încă acolo? O fi apucat să coboare?

— În vagon nu m-am putut uita, că erau oamenii înăuntru.

— Terminați cu aberațiile astea! La cât e sâsăitul de plângăcios, dacă rămânea în tren i-am fi auzit schelălăitul și acum. Să vă explic acum ce s-a întâmplat.

Toți eram ochi și urechi și așteptam cu nerăbdare ca Petrică să ne spună la ce se gândise.

— Ați observat impiegatul de mișcare atunci când am coborât din tren?

— Eu nu m-am împiedicat la mișcare! zise Otto.

— Vai de capul meu... am uitat că vouă trebuie să vă desenez. Când trenul oprește în gară, este așteptat de un angajat, un om îmbrăcat într-o uniformă, cu caschetă, lanternă, o paletă verde și un fluier. E cel care fluieră, pentru a da semnal trenului că poate pleca. Ați auzit fluierul dinaintea plecării trenului nostru?

— Dacă l-am auzit? Aproape că ne-a surzit!

— Bun. Omul ăla care a fluierat se numește „impiegat de mișcare". L-ați văzut pe peron când am ajuns în gară?

— Eu nu l-am văzut, dar uite-l acolo pe cel care a fluierat. E omul acela în cămașă albă care vorbește la telefon pe peron. L-am văzut când a fluierat, că a trebuit să-mi pun lăbuțele la urechi și m-am uitat să văd cine fluieră atât de tare, zise Otto.

— Dar ce-i cu el? Ce legătură are cu Iancu?

— Mai descrie-l o dată, Otto. Ai zis că e omul acela îmbrăcat în...?

— Într-o cămașă albă, răspunse Otto, neînțelegând unde vrea să ajungă Petrică.

— Corect. E îmbrăcat cu o cămașă albă. Dar dacă ați fi fost atenți la detalii, ați fi observat că atunci când am coborât din vagon, impiegatul nostru avea un sacou peste cămașa aia.

— Poate era alt împiedicat! zise Otto.

— Impiegat, mă! Era fix același, crede-mă că am memoria foarte bună încă. Acum vă întreb eu pe voi, oare de ce, când a ajuns trenul avea sacou, iar când a plecat trenul nu-l mai avea? Trenul a stat în gară aproximativ zece minute. Ce s-a întâmplat în cele zece minute, astfel încât acum nu mai are sacoul pe el?

— Și l-a dat jos, răspunse aproape instantaneu Cairo.

— Just, copile, mi-a plăcut cum ai gândit! Zici că ai terminat filosofia. Dar ce l-o fi făcut să și-l dea jos?

— I s-a făcut cald! zise din nou Cairo, bucuros că avea răspuns la fiecare întrebare.

— Hmmm... i s-a făcut cald. Dacă stau să mă gândesc, s-ar putea zice și așa... că i s-a făcut cald. Sau cel puțin a simțit ceva cald pe el.

— Haide, Petrică, încheie-ți numărul și spune-ne mai repede ce ai în cap. Lasă discursurile astea, știm că ești cel mai deștept dintre noi, recunoaștem asta! i-am zis lui Petrică, rugându-l să ne spună odată la ce se gândise.

— Ah, ah, ah, cămilă cu pai în gură, repetă, te rog, ultima parte! Îmi place mult cum sună! De fapt repetați cu toții în cor și cu voce tare, să vă aud!

M-am uitat la Cairo și la Otto, apoi ne-am uitat toți către Petrică și am strigat în cor:

— ȘTIM CĂ EȘTI CEL MAI DEȘTEPT DINTRE NOI!

— Bun, și eu știam asta de mult. Acum să reiau. Când am coborât, impiegatul l-a prins pe sâsâit. Cățelul, știind metoda de a scăpa, i-a lansat un jet de pipi pe sacou. Doar că, vorba aia... ulciorul nu merge de multe ori la apă... mă rog... la pipi, în cazul de față. Omul nu i-a dat drumul și s-a dus repede cu el în gară, l-a lăsat undeva, și-a lăsat și sacoul ud, iar apoi a revenit pentru a da semnalul de plecare trenului. Iar acum aș paria că vorbește la telefon cu cineva căruia îi spune că tocmai a făcut rost de un ciobănesc mioritic.

— M-aş putea apropia să ascult ce vorbeşte. Dar unde să mă ascund să nu mă observe? întrebă Otto.

— Vezi coşul acela de gunoi?

— Care? Fix ăla de lângă împiedicat? Păi o să mă vadă precis! zise Otto speriat.

— Aşa... şi? Ce-o să zică? Uau, o pisică maidaneză a venit lângă mine ca să asculte ce vorbesc la telefon! Nu, mă, stai liniştit! La cum arăţi, nu va fi nimic nefiresc să te afli pe un coş de gunoi. Eventual te poţi preface că răscoleşti prin el după mâncare.

Otto a plecat în mers de felină şi s-a urcat pe coşul de gunoi, fără ca impiegatul să bage de seamă.

— Nuuu, vai! Cum să muşte? Două luni are. Da, da. Păi d-aia îl şi dau, că n-am unde să-l ţin. L-am cumpărat ca să-l duc la ţară, dar ăi' bătrâni mi-au zis că nu le trebuie, că se face prea mare... L-aş ţine eu la bloc, dar îmi pun toţi vecinii în cap. Îţi dai seama că o să latre... se vede pe el că se va face rău. Da, da, mai avea trei pui, dar eu l-am ales pe ăsta că era cel mai grăsălan şi cel mai frumos. Băiat, da, băiat. Păi ce să zic eu acum? Facem un preţ bun acolo... vedem. Da, la şapte ies din tură, trec repede pe acasă să-l iau şi vin cu el acolo. În spate sau în faţă? În spate, bun! La şapte şi zece sunt acolo. Ne vedem, pa, pa!

Impiegatul a încheiat apelul şi s-a îndreptat spre intrarea gării, iar Otto s-a întors la animale şi le-a povestit ce a auzit.

— Hmm... auzi la el, că l-a cumpărat pe sâsâit. Alt mincinos, spuse Petrică, în timp ce îşi ridică privirea spre ceasul mare şi pătrat de pe clădirea gării.

— Fiți atenți la mine: e ora șapte fără un sfert, ceea ce înseamnă că în cincisprezece minute impiegatul termină serviciul și pleacă cu sâsâitul, să-l vândă. Trebuie să mergem în parcarea gării și să-i găsim mașina. Avem cincisprezece minute la dispoziție, zise Petrică.

— Dar Iancu nu e la el. L-a dus acasă. Va trebui să-l urmărim să vedem unde locuiește. Dar dacă el e cu mașina, cum ne ținem după el? întrebă Cairo.

— Tu vorbești serios, câine? Normal că i-a zis ăluia la telefon că trebuie să treacă pe acasă mai întâi, doar nu era să-i spună că a venit cu ciobănescul la serviciu. Iancu e la el în mașină. Și din moment ce nu auzim niciun schelălăit, e într-un portbagaj și e legat la bot. Haideți că nu mai avem mult timp!

Am plecat rapid spre parcarea din fața gării. Era lumină deja și gara se aglomera de oameni, care se mirau atunci când mă vedeau. De apropiat de mine nu puteau, pentru că era Cairo care îmi stătea aproape lipit, așa că mă simțeam în siguranță deplină lângă un dulău de cincizeci de kilograme. În schimb, îmi făceam mari griji pentru frățiorul meu mai mic.

Ajunși în parcare, Cairo a început să adulmece mașinile pe rând, iar eu cu Otto stăteam undeva mai retrași, pentru a nu atrage curiozitatea oamenilor. Parcarea era deja plină la acea oră, mulți oameni ajungând la gară cu mașinile, așa că pentru a nu pierde timp prețios în zadar, Petrică mergea în fața lui Cairo și își punea lăbuțele pe grilele de la radiatoarele mașinilor. I le indica lui Cairo doar pe cele care erau reci, semn că stătuseră în parcare toată noaptea, iar la cele pe care le simțea calde, îi făcea semn câinelui să nu le mai controleze. Era clar că mașina impiegatului trebuia să aibă motorul rece, stând în parcare toată noaptea. Cu această strategie, în doar cinci minute, Cairo adulmecase trei sferturi dintre mașinile din parcare, fără însă a găsi mașina în care se afla Iancu.

Speram din tot sufletul că Petrică nu se înșelase, dar speranța îmi era tot mai mică pe măsură ce mașinile de controlat se împuținau.

La un moment dat, am auzit lătratul lui Cairo și, când am ridicat gâtul, l-am văzut dând din coadă, semn că găsise ceva, așa că m-am dus și eu acolo, alături de Otto.

— Nu mai lătra, că atragi atenția! Ce latri atâta și dai din coadă bucuros? Nu ai vrea să scot din buzunar o bombonică să te recompensez acum? Prost te-a mai învățat Marian. Ia zi, e aici sâsâitul?

— Aici e sută la sută. Mirosul meu nu dă greș niciodată! zise Cairo fericit.

M-am apropiat cu capul de portbagaj și l-am strigat încet pe Iancu, moment în care, din portbagajul mașinii s-au auzit zgomote. Puiul de câine dădea din coadă, dar nu putea lătra, semn că motanul roșcat avusese încă o dată dreptate. Iancu era legat.

— Cum îl scoatem de aici? l-am întrebat disperat pe roșcovan.

— Uite, acum, scot o cheie din buzunar, descui portbagajul și scoatem sâsâitul.

— Ai cheia? întrebă Otto uimit.

— Da, am două chei, una de rezervă! Nu am nici buzunar, pisoiule, ce chei visezi? Nu ai fi vrut ca apoi să și pornesc mașina și să conduc până acasă?

— Lasă ironiile, Petrică. Nu mai avem timp! E șapte fix! Trebuie să apară omul la mașină! Fă ceva!

— Impiegatul va veni la mașină și nu știm dacă are ceva de lăsat în portbagaj. Dacă îl va deschide, Cairo va sări pe el și noi vom scoate puiul de câine. Asta e varianta unu, zise Petrică.

— Dar dacă urcă direct la volan și pleacă?

— Asta e varianta doi. De aceea trebuie să ne asigurăm că nu pleacă de aici înainte de a deschide portbagajul.

— Și cum facem asta?

— Priviți!

Petrică s-a dus la gărdulețul din lemn care împrejmuia parcarea și a început să tragă de o scândură. Văzându-l că nu o poate scoate și știind că e prea orgolios ca să ceară ajutorul, m-am dus la el și l-am întrebat ce vrea să facă cu ea.

— Uite, ce să fac și eu, îmi trebuie acasă, să-mi fac un dulap.

— Nici acum nu poți lăsa ironiile?

— Îmi trebuie un cui, capră! Doar nu mi-o trebui scândura.

— Pai, zi așa!

Am sărit de partea cealaltă a gardului, m-am așezat bine și am lovit puternic cu copita din spate în scândura de care trăgea Petrică. Din a treia lovitură, scândura ieșise complet. Petrică a luat-o și i-a rezemat un capăt de bordură, cu partea ascuțită a cuiului în sus.

— Trebuie să batem cu ceva în cui, până îl putem scoate pe partea cealaltă.

Fără să stau pe gânduri, am închis ochii și am lovit puternic cu partea din față a copitei în vârful cuiului, acesta ieșind pe jumătate.

— Mai dă-i una! strigă Petrică la mine, în timp ce eu încercam să-mi ascund durerea.

Mi-am luat avânt din nou și am mai lovit cuiul de câteva ori, până când vârful acestuia ajunsese la nivelul suprafeței scândurii.

Petrică a întors scândura și Cairo a prins floarea cuiului cu dinții și a tras cu putere de ea, în timp ce stătea cu labele din față pe scândură. S-a auzit un scârțâit de lemn, iar câinele a căzut pe spate, dar s-a ridicat repede în picioare, ținând cuiul în gură.

— Acum vei deschide portbagajul cu acest cui? îl întrebă Cairo în timp ce lăsă cuiul jos.

Fără să mai răspundă la întrebare, Petrică a luat cuiul și a fugit cu el sub mașina în care se afla Iancu. Motanul a poziționat cuiul oblic față de asfalt, proptindu-l cu vârful în cauciucul roții din dreapta față și cu floarea de sol.

— Bun, acum vom aștepta. Când șoferul va pleca, cuiul va pătrunde adânc în roată și îi va face pană. Dacă avem noroc, în maxim o sută de metri impiegatul va simți și va opri. Noi vom fi acolo, iar când el se va duce spre portbagaj, după ce îl va deschide, Cairo îl va ataca și noi vom lua cățelul.

— Dar dacă va pleca de pe loc dând cu spatele? Cuiul o să cadă și nu o să mai înțepe roata. De ce ești sigur că va pleca cu fața?

— Bravo, animal peruvian expeditor de scrisori! Aici ai dreptate! Ne vom asigura că va putea pleca doar cu fața.

— Cum?

— Eu zic să împingem... adică să împingeți tomberonul ăla mare în spatele mașinii. Așa va fi obligat să plece cu fața, spuse Otto.

— Mă, voi începeți să gândiți! Dacă mai stați mult în preajma mea, o să vă găsesc într-o zi jucând șah. Cairo, Pablo, mergeți rapid și aduceți containerul ăla aici. Vedeți că are roți. Unul să stea în față, să-l ghideze!

Am plecat cu Cairo spre containerul metalic, pe care l-am împins până în spatele mașinii, aproape lipindu-l de aceasta, apoi ne-am furișat cu toții în spatele gărdulețului proaspăt rupt și ne-am pus pe așteptat.

— După ce mașina pleacă de pe loc, fugim după ea. Nu știu cât de tare va înțepa cuiul roata și cât va parcurge până se va dezumfla. Trebuie să fim pe poziții! Shht, vine impiegatul!

Omul se urcă direct la volan, fără să umble la portbagaj, porni mașina și plecă cu fața, așa cum ne dorisem noi.

— Haideți! După mașină!

Am luat-o cu toții la fugă în spatele mașinii care se îndepărta tot mai mult cu viteză.

— Dacă nu s-a spart roata? Nu s-a auzit nimic? întrebă Otto.

— Ce-ai fi vrut să se audă? S-a înțepat o roată, nu a bubuit vreo bombă! zise Petrică în timp ce alerga gâfâind.

În depărtare, am văzut niște lumini roșii aprinse intens, iar Petrică ne-a explicat că erau stopurile de frână, semn că mașina oprise. Entuziasmul și adrenalina ne-a făcut să fugim și mai tare.

Am ajuns atât de rapid, încât șoferul abia avusese timp să coboare și l-am găsit privind la roata dezumflată și înjurând, timp în care noi eram ascunși pe trotuar, în spatele unui chioșc de ziare.

Continuând să înjure, omul s-a dus la portbagaj și l-a deschis. Petrică s-a întors spre Cairo ca să-i spună că e timpul pentru atac, dar câinele sărise deja pe impiegat, care acum alerga înapoi spre gară urlând cât îl ținea gura.

Noi ne-am dus repede la portbagaj și pisicile au sărit în portbagaj unde au început să roadă banda adezivă care îi ținea lui Iancu lăbuțele strâns legate. Eu am prins cu gura banda care îi ținea botul închis și am tras cu putere. Iancu a început să schelălăie și să strige.

— Mustățile meleeee! Auuuu! Pablitoooo! Alpacaua mea! Ottomanuleee, Petlică! Cailo unde e?

— Sunt aici, Iancu! Am avut ceva treabă! spuse Cairo mândru că tocmai ce-l alergase pe hoț.

L-am scos pe Iancu din portbagaj și ne-am refugiat înapoi în spatele chioșcului de ziare, unde ne-am tras sufletele câteva minute. Mașina impiegatului rămăsese pe banda unu și acesta nu se întorsese încă la ea.

Petrică m-a strigat și mi-a zis să merg repede cu el până la mașină. M-am dus fără să-l mai întreb ce voia să mai facă.

— Vom avea mare nevoie de un ciob de oglindă! Întoarce-te repede cu spatele și lovește oglinda cu copita.

M-am întors și, din prima lovitură, oglinda mașinii s-a făcut țăndări. Petrică s-a aplecat și a luat un ciob, apoi am plecat la celelalte animale.

— Mă uit în ciobul ăsta de oglindă și pot spune că nu-s tocmai cel mai frumos motan, dar mi se pare corect să fie așa. Dacă mai eram și frumos, la cât sunt de deștept, atunci chiar am fi trăit într-o lume nedreaptă, zise Petrică pe tonul lui arogant.

Apoi luă ciobul și îl aruncă într-un canal.

— Deci? La ce ți-a trebuit ciobul ăla?

— La nimic. Dar dacă îți ziceam să-i spargem și noi oglinda măcar, dacă tot ne-a furat cățelul și ne-a dat de lucru, ai fi zis că nu-i frumos.

Deși nu-mi plăcea ce făcusem, am început să râd și l-am întrebat pe Petrică dacă mai avem ceva de așteptat sau putem pleca spre casă.

— Gata, mergem acasă! Pernița mea pufoasă mă așteaptă. Trebuie să ajungem la capătul liniei de autobuz, acolo unde ai fost băgat în dubă. Să pornim!

Am pornit pe trotuar, sub privirile uimite ale trecătorilor. Cairo stătea lipit de mine, mârâind de fiecare dată când cineva se apropia și încerca să mă mângâie. Iancu mergea în fața mea, foarte aproape de Cairo, iar pisicile se deplasau în stânga câinelui.

Petrică ținuse minte drumul de la gară spre stația de autobuze, așa că mai întâi ne-am întors la gară și de acolo spre stație. După ceva timp ajunseserăm în locul din care tatăl lui Mitruț mă coborâse din autobuz.

Erau destul de multe autobuze acolo, dar Petrică s-a uitat pe un tabel și apoi ne-a zis că al nostru va sosi în zece minute.

— Cairo, dă-mi ăia cincizeci de lei pe care îi mai ai legați de lăbuță.

Cairo îi dădu lui Petrică cei cincizeci de lei, iar acesta plecă alergând.

Se întoarse după două minute, iar eu l-am întrebat dacă fusese să cumpere bilete.

— Bravo, capră! Fix după bilete m-am dus. Că în cazul în care vine controlorul, sigur problema lui nu va fi să se întrebe ce caută doi câini, două pisici și o alpaca într-un autobuz, ci se va întreba dacă avem sau nu bilete. Normal că n-am luat bilete, nu avem nevoie.

Un autobuz tocmai ajunsese în stație și Petrică ne-a făcut semn că e cel în care va trebui să urcăm. Șoferul a coborât pentru a-și lua pauza și, când nu a fost atent, am urcat cu toții pe ușa din spate. Aveam mari emoții și abia așteptam să ajungem acasă cu bine.

Ușile autobuzului s-au închis, iar acesta a pornit de pe loc, avându-ne pasageri pe noi și pe încă vreo șapte oameni care se uitau curioși la noi, însă fără să se apropie, datorită lui Cairo care se așezase în fața noastră.

La prima stație, a urcat o doamnă cu un copil, care s-a bucurat să mă vadă și a exclamat:

— Mami, uite-l pe Pablo! Parcă nu avea voie să se plimbe cu autobuzul, așa văzusem la știri. Pot să mă duc să-l mângâi puțin?

Copilul s-a apropiat de mine și a început să mă mângâie pe cap. Cairo nu a reacționat, văzând că e doar un copil fără intenții rele. Băiețelul i-a mângâiat apoi pe Iancu, pe Cairo și pe Otto. Când a vrut să facă asta și cu Petrică, motanul a început să scuipe și să amenințe cu lăbuțele, așa că a rămas nemângâiat.

Tocmai treceam pe lângă oficiul poștal, acolo unde mersesem să duc scrisoarea, când Petrică s-a uitat spre mine și mi-a zis.

— Uite, cămilă! Nu mai ai de trimis vreo scrisoare?

Am lăsat capul în jos, rușinat, și nu am răspuns nimic. La următoarea stație am coborât și am traversat strada în formație. După vreo două minute de mers pe jos, am ajuns în fața porții, pe care Petrică a deschis-o sărind pe clanță.

Am intrat cu toții în curte bucuroși și am observat că Georgiana și Marian nu se întorseseră încă.

Petrică a sărit pe clanța ușii de la intrarea în casă, pe care a deschis-o, apoi s-a oprit în prag și, cu ușa întredeschisă, s-a întors spre noi.

— Acum, că totul s-a terminat cu bine, aș vrea să vă fac și eu o mărturisire. Ceva ce mă apasă de mult pe suflet și nu am spus nimănui până acum. Dar am decis ca acum să vă spun vouă.

Ne uitam cu toții mirați la Petrică. Părea brusc foarte sensibil, așa cum nu-l mai văzuserăm niciodată până atunci.

— Ceea ce voi nu știți... este că eu... eu... am o boală incurabilă. Una care nu are leac și care mă poate omorî în orice clipă, mai ales dacă ies afară, într-un mediu în care oricând pot lua un microb cât de mic, dar suficient cât să-mi fie fatal.

— Deci d-aia stai tu numai în casă, doar la geam ca să te uiți la noi, conchise Cairo.

— Exact! Credeți că eu nu m-aș juca cu voi? Mie nu mi-ar plăcea să mă cațăr prin copaci? Să îmi petrec timpul cu voi? Problema e că, dacă ies din casă, în maximum douăzeci și patru de ore voi contacta precis vreo bacterie. Mă mir cum de am rezistat până acum.

— Deci tu știai asta și ai ales totuși să pleci în căutarea mea cu celelalte animale? l-am întrebat cu vocea tremurândă.

— Pentru asta sunt prietenii adevărați, Pablo! În plus, nu-l puteam lăsa pe puiul de câine doar în grija lui Cairo și a lui Otto. Și nici pe ei doi nu îi puteam lăsa la greu. Eu consider că pentru niște prieteni faci orice.

Era pentru prima oară când îl auzeam pe Petrică spunându-mi Pablo, iar „sâsâitului“ Iancu. Eram cu toții emoționați.

— Aaa... și d-aia nici nu stai în brațele oamenilor și d-aia nici nu te lași mângâiat?

— Da, Otto. Pentru că oamenii pot purta mulți microbi. Ce mi-ar plăcea și mie să stau la mângâiat... Pe tine de ce crezi că te băteam? Ca să nu te poți apropia de mine și să nu iau vreun virus de la tine. Îmi era jenă să îți spun adevărul.

Lui Petrică i se umeziseră ochii. La fel și nouă.

— Acum că îmi știți secretul, aș vrea să vă mai spun că...

Petrică nu termină tot ce are de spus că se prăbuși pe spate și ochii i se închiseră. Pisica roșcată era acum întinsă în pragul ușii casei, chiar sub pervazul ferestrei din spatele căreia se uita la noi mereu. Se prăbuși la scurt timp după ce ajunseserăm acasă, fix în casa unde locuise și de unde nu ieșise de atâția ani.

Iancu s-a apropiat primul de el și a început să plângă. Eu stăteam cu Cairo în spatele lui Iancu și îl mângâiam amândoi pe puiul de câine, iar Otto sări pe pervaz și se uita de acolo la Petrică.

— Petrică a făcut sacrificul suprem pentru mine! am exclamat către celelalte animale.

— Și pentru noi!

— Eu am simțit mereu că Petrică avea de fapt un suflet bun, zise Otto.

— Și eu am zis asta de multe ori! adăugă Cairo printre suspine.

— Mie îmi plățea când îmi zițea că sunt sâsâit...

— Eu propun să ținem un moment de reculegere, le-am propus animalelor, care s-au oprit din plâns și au lăsat capul în jos.

— Proști mai sunteți! strigă Petrică cu voce tare, în timp ce se ridică și intră în casă râzând în hohote.

— Chiar m-au crezut... se auzi încet din casă.

Cam ăsta era Petrică: un suflet bun pe care voia să-l ascundă, dorind să pară rău.

Bucuroși că ne întorseserăm cu toții teferi și că boala lui Petrică era doar o invenție de-ale lui, ne-am dus fiecare la locul în care aveam hrana și am mâncat pe săturate, apoi ne-am tolănit și am adormit.

Ne-am trezit cu toții când am auzit lătratul puternic al lui Cairo. Era un lătrat de bucurie pe care am înțeles-o imediat ce am auzit poarta deschizându-se. Georgiana și Marian tocmai ajunseseră acasă. Le-am ieșit rapid în întâmpinare, iar ei ne-au mângâiat și s-au bucurat alături de noi.

Iancu schelălăia, Cairo lătra și Otto se gudura pe lângă Marian. Eu am sărit în brațele Georgianei și am pupat-o cu boticul meu catifelat.

Numai Petrică ne privea de la geam.

— Ia uite ce de mâncare le-a rămas! Și noi ne făceam griji că nu le va ajunge, zise Marian, când văzu că mâncarea era aproape neatinsă.

— O să ne schimbăm și vă vom scoate la plimbare. Săracii de voi! Cred că v-ați plictisit groaznic stând numai în curte!

~ Capitolul 20 ~

— Hai noroc, Ioane!

— Salut, salut! Ce mai faci?

— Ce să fac... mă duc până la soră-mea cu ceva treabă. Tu?

— Merg la alimentară să văd ce-i pe acolo.

— Chiar voiam să te întreb: cum îți merge alimentara? Ai vânzare?

— Eee... merge binișor, dar e jale cu angajații!

— De ce?

— Nu prea găsești oameni serioși. Unele vânzătoare vorbesc urât cu clienții, altele fură bani din casă, altele fură produse. Rar găsești pe cineva serios, să-și vadă de treabă.

— Chiar așa e?

— Daaa! Păi să-ți zic cu fătuca asta de-am angajat-o de două săptămâni. Fată serioasă, cuminte... am zis că am nimerit-o. Când colo... mă duc într-o dimineață la alimentară... cu o zi în urmă adusesem niște cârnați faini de la un abator. Când mă uit în vitrină, nu mai erau. Chiar mă bucuram că s-au vândut așa repede. Ce mi-am zis eu? Ia să mai comand dacă tot se dau așa bine. Și îi zic vânzătoarei că o să mai aduc cârnați d-äia, la care ea, ce crezi că-mi zice?

— Ha?

— Îmi zice că în seara dinainte a intrat o pisică și a furat cârnații din vitrină. Ba mai mult, când a plecat în fugă cu cârnații, a spart și un borcan cu castraveți murați de pe raft. Și mi-a dat și detalii, cică era o pisică alb cu negru și gri.

— Ha, ha, ha! Măcar are imaginație.

— Staaai așa! Ai răbdare să-ți zic tot, că asta nu-i nimic! Îi zic eu că dacă se mai întâmplă d-astea o dau afară și plec supărat. A doua zi când merg la alimentară, ghici ce-mi zice!

— Că a venit iar pisica și a mai furat ceva! Ha, ha, ha!

— Nu, nici poveste! Îmi zice că înainte să ajung eu, a venit o pisică, de data asta una roșie, și i-a pus cincizeci de lei pe tejghea și a fugit! Cică a plătit mâța cârnații și murăturile pe care le luase cea albă cu gri. Mă, tu-ți dai seama în ce lume trăim? Măcar bine că a adus banii de acasă înapoi, că altfel cred că o dădeam afară.

Pablo

Pablo este un mascul de alpaca, de culoare maro, născut în luna februarie a anului 2018, în Belgia.

Alpacaua este un animal erbivor, originar din America de Sud, înrudit cu cămila, care face parte din familia Camelidae. Alpacaua seamănă destul de mult cu lama, dar este mai mică decât aceasta.

Alpacaua se caracterizează printr-un comportament prietenos și sociabil. Aceste animale sunt inteligente, foarte curioase și se lasă mângâiate fără probleme, mai ales de către copii, pe care îi adoră. În multe țări, alpacaua este folosită în diferite terapii pentru copii, în special în terapia împotriva autismului.

Aceste animale sunt extrem de curate și își fac nevoile mereu în același loc.

Pentru a se apăra, alpacaua se folosește și de copitele care pot lăsa răni adânci, dar mai are un obicei, nu tocmai plăcut: scuipatul. Alpacaua scuipă atunci când se simte în primejdie sau când vrea să domine.

Pablo este o alpaca Huacaya, având lâna creață și foarte deasă. Mai există și alpaca Suri, aceasta având lână întinsă, curgând pe animal în jos.

Pablo mănâncă iarbă și fân în timpul zilei, iar dimineața se delectează cu un mix de banane, mere și morcovi. Este foarte prietenos, se lasă mângâiat, dar are și momente în care scuipă, mai ales pe Marian. Georgiana este singura pe care nu o scuipă niciodată, Pablo fiind aproape dependent de ea. El iese la plimbare doar dacă iese și Georgiana și tot ea e singura după care plânge atunci când o vede că pleacă de acasă, scoțând niște sunete ascuțite, însă de intensitate mică.

Pablo își face nevoile doar într-un colț al curții, pe care și l-a ales singur încă de când a ajuns, iar dacă este pe stradă sau este plecat prin vecini, nu își face nevoile până nu ajunge acasă.

Cel mai bun prieten al lui Pablo este Iancu, puiul de ciobănesc mioritic. Cu acesta se joacă și tot cu acesta doarme și, mai mult ca sigur, atunci când va termina vaccinurile și va avea voie să iasă din curte, Iancu îi va deveni și partener de plimbări, alături de Cairo.

Lui Pablo îi plac foarte mult copiii și se lasă mângâiat de aceștia, fiind foarte curios și atent la jocurile lor.

Pablo are și o pagină de Facebook urmărită acum de peste 50 000 de oameni, acolo unde sunt postate zilnic fotografii cu el și cu prietenii lui.

Cairo

Pe numele lui întreg, Cairo de Arbor Domus, este un câine ciobănesc german, de culoare neagră.

Născut la data de 30 septembrie 2015 în Brașov, este fiul Kirei de Zimbris și al lui Erax vom Haus Salztalblick.

La vârsta de șase luni, Cairo a fost făcut cadou tatălui Georgianei, când acesta a împlinit vârsta de 50 de ani.

Cairo este un câine foarte sociabil, energic și jucăuș, căruia îi plac drumețiile și înotul.

Cairo are acum patru ani.

Diminețile iese la alergat prin pădure cu Marian, iar seara iese cu Georgiana și cu Pablo.

Este bun prieten cu Otto, Iancu și Pablo și are o atitudine protectoare față de aceștia.

Cairo nu a fost agresiv cu nimeni, niciodată.

Otto

Otto este un motan născut în luna martie a anului 2013.

A fost aruncat de cineva peste gard și găsit de mama Georgianei. Deoarece era foarte mic, a fost hrănit cu pipeta.

Otto e un motan foarte blând și extrem de sociabil, fiind dependent de prezența oamenilor.

Iarna și-o petrece mai mult în casă, unde singurele activități sunt mâncatul și somnul, lucruri care îi aduc kilograme nedorite, pe care le dă însă jos odată cu venirea primăverii.

Uneori este strigat cu numele „Otomanul".

Otto are foarte mulți urmași prin vecini, unul dintre puii săi fiind la părinții lui Marian.

Otto e prieten bun cu Iancu, Pablo și Cairo.

A fost bătut de câteva ori de Petrică, atunci când acesta din urmă l-a prins la parterul casei, și de aceea stă acum doar la etaj.

Otomanul are acum șase ani și își petrece timpul atât prin casă, cât și afară.

Locul lui preferat este balustrada terasei, acolo unde stă ghem și se uită la joaca lui Pablo și Iancu.

Iancu

Născut în luna mai a anului 2019, Iancu este un pui de ciobănesc mioritic.

El a fost adus de către părinții Georgianei de la o stână din comuna Neagra Șarului, județul Suceava.

Numele Iancu i-a fost dat de Marian.

Iancu este foarte atașat de Pablo și de aceea sunt nedespărțiți, jucându-se și dormind împreună.

Iancu este foarte sociabil și jucăuș.

Adesea se împiedică și se vaită, schelălăind.

Iancu e prieten cu Otto și cu Cairo, dar relația specială o are cu Pablo.

Iancu interacționează foarte rar cu Petrică, fiind ignorat de acesta.

Iancu nu are încă voie să iasă din curte, pentru că mai are de făcut două vaccinuri.

Petrică

Petrică este un motan roșcat, cu botul pistruiat, născut în luna noiembrie a anului 2011.

La vârsta de cinci luni a fost adus de către un polițist la Inspectoratul Județean de Poliție Brașov, acolo unde a petrecut o zi întreagă la Serviciul Criminalistic.

De la poliție, motanul a fost luat acasă de către tatăl Georgianei, și el polițist, care i l-a făcut cadou soției sale, cu ocazia zilei de naștere.

Părinții Georgianei au vrut să-i pună numele Tomiță, dar Georgiana l-a botezat Petrică și a insistat până când numele a fost acceptat în unanimitate, uneori fiind strigat și cu numele Petru.

Petrică este un motan antisocial, arogant, încrezut, dar înzestrat cu o inteligență extraordinară. El știe să deschidă orice ușă și își face nevoile la baie, a cărei ușă o deschide sărind pe clanță.

Petrică nu iese afară, fiind motanul de interior al familiei. El nu stă să fie luat în brațe, nu îi place să fie mângâiat și nu ezită să zgârie atunci când îi este încălcată intimitatea.

Singurul om față de care s-ar putea spune că arată un dram de atașament, dar vag, este mama Georgianei. Lui Petrică nu îi plac musafirii, iar atunci când aceștia își fac apariția, se refugiază în dormitor.

În anul 2013, Petrică a fost internat timp de o săptămână la o clinică veterinară, având o infecție urinară.

Cu ocazia internării, a fost tratat, dar și-a pierdut și capacitatea de procreere și astfel, din păcate, Petrică nu are niciun urmaș.

Petrică are opt ani acum și își petrece majoritatea timpului odihnindu-se, mâncând și uitându-se pe geam.

Tipar: ARTPRINT
E-mail: office@artprint.ro
Tel.: 021 336 36 33